GAN GYFLWYNO...

Tad-cu
Joe

Charlie
Bucket

Mr
Willy
Wonka

Mr a Mrs
Bucket

Miss
Tibbs

Lancleot R
Gilligrass
Arlywydd
UDA

Dymuna'r cyhoeddwyr gydnabod cymorth
Cyngor Llyfrau Cymru.

Roald Dahl

Charlie

a'r Esgynnydd
Mawr Gwydr

Darluniau gan Quentin Blake

Cyfieithiad gan Elin Meek

RILY

Cewch ddysgu mwy am Roald Dahl
wrth ymweld â'r wefan:

roalddahl.com

Charlie a'r Esgynnydd Mawr Gwydr
ISBN 978-1-904357-29-2

Hawlfraint y testun: © Roald Dahl Nominee Ltd, 1973
Hawlfraint y darluniau: © Quentin Blake, 1995

Cyfieithiad gan Elin Meek
Hawlfraint y cyfieithiad © Rily Publications Ltd 2010

Cyhoeddwyd yn wreiddiol yn Saesneg fel *Charlie and the Great Glass Elevator*
Charlie and the Great Glass Elevator © Roald Dahl Nominee Ltd, 1973

Cysodwyd mewn 13/15pt Baskerville
gan Wasg Dinefwr, Llandybïe, Sir Gaerfyrddin

Cyhoeddwyd gan Rily Publications Ltd
Blwch SB 20
Hengoed, CF82 7YR
www.rily.co.uk

Argraffwyd a rhwymwyd ym Mhrydain
gan CPI Cox & Wyman Ltd, Reading, Berkshire, RG1 8EX

I'm merched
Tessa Ophelia Lucy

ac i'm mab bedydd
Edmund Pollinger

Cynnwys

1

Mr Wonka'n Mynd
yn Rhy Bell

Y tro diwethaf i ni weld Charlie, roedd e'n cael reid yn y Lifft Gwydr Mawr fry uwchben y dref lle roedd e'n byw. Ychydig cyn hynny, roedd Mr Wonka wedi dweud wrtho mai fe oedd biau'r Ffatri Siocled wych enfawr i gyd, a nawr roedd ein ffrind bach yn dychwelyd yn fuddugoliaethus gyda'i deulu i gyd i gymryd meddiant ohoni. Y teithwyr yn y Lifft (dim ond i'th atgoffa di) oedd:

Charlie Bucket, ein harwr.

Mr Willy Wonka, y gwneuthurwr siocled rhyfeddol.

Mr a Mrs Bucket, tad a mam Charlie.

Tad-cu Joe a Mam-gu Josephine, tad a mam Mr Bucket.

Tad-cu George a Mam-gu Georgina, tad a mam Mrs Bucket.

Roedd Mam-gu Josephine, Mam-gu Georgina a Tad-cu George yn dal yn y gwely, a'r gwely wedi cael ei wthio i'r lifft ychydig cyn iddyn nhw godi o'r ddaear. Fel y cofi di, roedd Tad-cu Joe wedi codi o'r gwely i fynd o gwmpas y Ffatri Siocled gyda Charlie.

Roedd y Lifft Gwydr Mawr fil o droedfeddi yn yr awyr ac yn symud yn braf. Roedd yr awyr yn las llachar. Roedd pawb yn y lifft yn llawn cyffro wrth feddwl am fynd i fyw yn y Ffatri Siocled enwog.

Roedd Tad-cu Joe yn canu.

Roedd Charlie'n neidio i fyny ac i lawr.

Roedd Mr a Mrs Bucket yn gwenu am y tro cyntaf ers blynyddoedd, ac roedd y tri

hen berson yn y gwely'n gwenu ar ei gilydd heb eu dannedd.

'Beth yn y byd sy'n cadw'r peth dwl yma yn yr awyr?' crawciodd Mam-gu Joesphine.

'Madam,' meddai Mr Wonka, 'nid lifft yw hwn nawr. Dim ond mynd i fyny ac i lawr *y tu mewn* i adeiladau y mae lifftiau. Ond gan ei fod e wedi

mynd â ni i fyny i'r awyr fry, mae e wedi troi'n
ESGYNNYDD. YR ESGYNNYDD MAWR
GWYDR yw e.'

'A beth sy'n ei gadw e
i fyny?' meddai Mam-gu
Josephine.

'Bachau awyr,' meddai
Mr Wonka.

'Ry'ch chi'n fy rhyfeddu
i,' meddai Mam-gu Josephine.

'Wraig annwyl,' meddai Mr Wonka, 'mae'r pethau
yma'n newydd i chi. Pan fyddwch chi wedi bod gyda
ni am ychydig mwy o amser, fydd dim byd yn eich
rhyfeddu chi.'

'Y bachau awyr 'ma,' meddai Mam-gu Josephine.
'Dwi'n cymryd bod un pen wedi'i fachu wrth y
teclyn yma rydyn ni'n reidio ynddo fe. Cywir?'

'Cywir,' meddai Mr Wonka.

'Wrth beth mae'r pen arall wedi'i fachu?' meddai
Mam-gu Josephine.

'Bob dydd,' meddai Mr Wonka, 'dwi'n mynd yn
fwy trwm fy nghlyw o hyd. Atgoffwch fi, os gwelwch
yn dda, i ffonio fy meddyg clustiau yr eiliad y byddwn
ni'n cyrraedd 'nôl.'

'Charlie,' meddai Mam-gu Josephine. 'Dwi ddim
yn credu 'mod i'n ymddiried llawer yn y gŵr bon-
heddig 'ma.'

'Na finnau chwaith,' meddai Mam-gu Georgina.
'Mae e'n potsian o gwmpas.'

Plygodd Charlie dros y gwely a sibrwd wrth y
ddwy hen wraig. 'Plis,' meddai, 'peidiwch â difetha

11

popeth. Mae Mr Wonka'n ddyn gwych. Mae e'n ffrind i mi. Dwi'n ei garu e.'

'Mae Charlie'n iawn,' sibrydodd Tad-cu Joe, gan ymuno â'r criw. 'Nawr bydd yn ddistaw, Josie fach, a phaid â chreu helynt.'

'Mae'n rhaid i ni frysio!' meddai Mr Wonka. 'Mae cymaint o amser gyda ni a chyn lleied i'w wneud! Nage! Arhoswch! Rhowch linell drwy hwnna! Trowch e fel arall! Diolch! Nawr yn ôl i'r ffatri!' gwaeddodd, gan guro'i ddwylo unwaith a rhoi naid ddwy droedfedd i'r awyr â'i ddwy droed. 'Yn ôl â ni i'r ffatri! Ond mae'n rhaid i ni fynd *i fyny* cyn y gallwn ni ddod i lawr. Mae'n rhaid i ni fynd *yn uwch ac yn uwch*!'

'Beth ddwedais i wrthoch chi,' meddai Mam-gu Josephine. 'Mae'r dyn yn ddwl!'

'Bydd ddistaw, Josie,' meddai Tad-cu Joe. 'Mae Mr Wonka'n gwybod yn union beth mae e'n 'i wneud.'

'Mae e'n ddwl bared!' meddai Mam-gu Josephine.

'Mae'n rhaid i ni fynd yn uwch!' meddai Mr Wonka. 'Mae'n rhaid i ni fynd yn aruthrol o uchel! Cydiwch yn dynn yn eich stumog!' Gwasgodd fotwm brown. Crynodd yr Esgynnydd, ac yna, gyda sŵn chwibanu dychrynllyd, saethodd yn syth i fyny fel roced. Cydiodd pawb yn ei gilydd ac wrth i'r peiriant mawr fynd yn gynt, aeth sŵn chwibanu mawr y gwynt y tu allan yn uwch ac yn uwch ac yn fwy gwichlyd o hyd nes ei fod yn sŵn sgrechian poenus ac roedd yn rhaid i ti weiddi er mwyn clywed dy hunan yn siarad.

'Arhoswch!' bloeddiodd Mam-gu Josephine. 'Jo, gwna iddo fe stopio! Dwi eisiau gadael y lifft!'

'Achubwch ni!' bloeddiodd Mam-gu Georgina.

'Ewch i lawr!' bloeddiodd Tad-cu George.

'Na, na!' bloeddiodd Mr Wonka'n ôl. 'Mae'n rhaid i ni fynd i fyny!'

'Ond pam?' gwaeddodd pawb gyda'i gilydd. 'Pam i fyny ac nid i lawr?'

'Oherwydd po uchaf fyddwn ni pan fyddwn ni'n dechrau dod i lawr, cyflymaf fyddwn ni i gyd yn mynd pan fyddwn ni'n taro,' meddai Mr Wonka. 'Mae'n rhaid i ni fod yn mynd ar andros o gyflymder mawr pan fyddwn ni'n taro.'

'Pan fyddwn ni'n taro *beth*?' gwaeddon nhw.

'Y ffatri, wrth gwrs,' atebodd Mr Wonka.

'Mae'n rhaid eich bod chi'n hanner call a dwl,' meddai Mam-gu Josephine. 'Fe gawn ni i gyd ein gwasgu'n ddim!'

'Fe gawn ni ein sgramblo fel wyau!' meddai Mam-gu Georgina.

'Mae hynny,' meddai Mr Wonka, 'yn rhywbeth y bydd yn rhaid i ni ei mentro hi.'

'Dy'ch chi ddim o ddifri,' meddai Mam-gu Josephine. 'Dwedwch wrthon ni eich bod chi'n tynnu coes.'

'Madam,' meddai Mr Wonka, 'fydda i byth yn tynnu coes neb.'

'O, gariadon bach!' gwaeddodd Mam-gu Georgina. 'Fe gawn ni ein *hymdrwytho*, pob un ohonon ni!'

'Mwy na thebyg,' meddai Mr Wonka.

Sgrechiodd Mam-gu Josephine a diflannu o dan y dillad gwely; cydiodd Mam-gu Georgina mor dynn yn Tad-cu George fel y newidiodd ei siâp. Safodd

Mr a Mrs Bucket gan gofleidio'i gilydd; roedden nhw'n methu siarad gan ofn. Dim ond Charlie a Tad-cu Joe oedd yn eithaf digynnwrf. Roedden nhw wedi teithio'n bell gyda Mr Wonka ac wedi dod yn gyfarwydd â chael syrpréis. Ond wrth i'r Esgynnydd Mawr godi fry, yn bellach ac yn bellach o hyd o'r ddaear, dechreuodd Charlie hyd yn oed deimlo ychydig yn nerfus. 'Mr Wonka!' gwaeddodd dros y sŵn, 'alla i ddim deall *pam* mae'n rhaid i ni ddod i lawr ar y fath gyflymder rhyfeddol.'

'Fy machgen annwyl,' atebodd Mr Wonka, 'os na fyddwn ni'n dod i lawr ar gyflymder rhyfeddol, wnawn ni byth dorri ein ffordd yn ôl i mewn drwy do'r ffatri. Nid mater hawdd yw torri twll mewn to mor gryf â hwnna.'

'Ond mae twll ynddo fe'n barod,' meddai Charlie. 'Ni wnaeth e pan ddaethon ni allan.'

'Fe fyddwn ni'n gwneud un arall, 'te,' meddai Mr Wonka. 'Mae dau dwll yn well nag un. Fe fydd unrhyw lygoden yn dweud hynny wrthot ti.'

Rhuthrodd yr Esgynnydd Mawr Gwydr yn uwch ac yn uwch nes eu bod nhw cyn bo hir yn gallu gweld gwledydd a chefnforoedd y Byd oddi tanynt fel map. Roedd y cyfan yn brydferth iawn, ond pan fyddi di'n sefyll ar lawr gwydr ac yn edrych i lawr, mae'n rhoi hen deimlad cas i ti. Roedd Charlie hyd yn oed yn dechrau teimlo'n ofnus nawr. Cydiodd yn dynn yn llaw Tad-cu Joe ac edrychodd i fyny'n bryderus ar wyneb yr hen ddyn. 'Mae ofn arna i, Tad-cu,' meddai.

Rhoddodd Tad-cu Joe ei fraich am ysgwyddau Charlie a chydio'n dynn ynddo. 'A finnau hefyd, Charlie,' meddai.

'Mr Wonka!' gwaeddodd Charlie. 'Dydych chi ddim yn meddwl bod hyn yn ddigon uchel nawr?'

'Bron iawn,' atebodd Mr Wonka. 'Ond ddim yn hollol. Paid â siarad â mi nawr, plis. Paid â tharfu arna i. Mae'n rhaid i mi wylio popeth yn ofalus iawn nawr. Amseru manwl, fachgen, mae'n hollbwysig. Weli di'r botwm gwyrdd yma. Mae'n rhaid i mi ei wasgu ar yr union eiliad gywir. Os bydda i hanner eiliad yn hwyr, fe fyddwn ni'n mynd yn *rhy uchel*!'

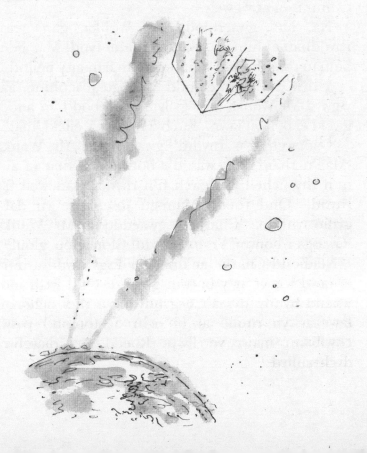

'Beth fydd yn digwydd os byddwn ni'n mynd yn rhy uchel?' gofynnodd Tad-cu Joe.

'A wnewch chi stopio siarad a gadael i mi ganol-bwyntio!' meddai Mr Wonka.

Ar yr union eiliad honno, gwthiodd Mam-gu Josephine ei phen allan o dan y cynfasau a syllu dros ymyl y gwely. Drwy'r llawr gwydr gwelodd gyfandir cyfan Gogledd America bron i ddau gan milltir islaw ac yn edrych fawr mwy na bar o siocled. 'Mae'n rhaid i *rywun* stopio'r dyn dwl 'ma!' sgrechiodd, a saethodd hen law grebachlyd allan a chydio yn Mr Wonka wrth gynffon ei got, a'i dynnu'n ôl ar y gwely.

'Na, na!' gwaeddodd Mr Wonka, gan geisio rhyddhau ei hunan. 'Gadewch i mi fynd! Mae gen i bethau i'w gwneud! Peidiwch â tharfu ar y peilot!'

'Y dyn dwl!' sgrechiodd Mam-gu Josephine, gan ysgwyd Mr Wonka mor gyflym fel ei bod hi'n anodd gweld ei ben yn iawn. 'Ewch â ni adre'r eiliad 'ma!'

'Gadewch fi'n rhydd!' gwaeddodd Mr Wonka. 'Mae'n rhaid i mi wasgu'r botwm 'na neu fe awn ni'n rhy uchel! Gadewch fi'n rhydd! Gadewch fi'n rhydd!' Ond roedd Mam-gu Josephine yn dal i gydio ynddo. 'Charlie!' gwaeddodd Mr Wonka. 'Gwasga'r botwm! Yr un gwyrdd! Glou, glou, glou!'

Neidiodd Charlie ar draws yr Esgynnydd a bwrw ei fawd i lawr ar y botwm gwyrdd. Ond wrth iddo wneud hynny, dyma'r Esgynnydd yn rhoi ochenaid fawr ac yn rholio ar ei ochr a stopiodd y sŵn chwibanu mawr yn llwyr. Roedd yna dawelwch dychrynllyd.

'Rhy hwyr!' llefodd Mr Wonka. 'O'r arswyd, ry'n ni wedi'i chael hi!' Wrth iddo siarad, dyma'r gwely a'r tri hen berson ynddo a Mr Wonka oedd uwch eu pen yn codi'n ysgafn oddi ar y llawr ac yn hongian yn yr awyr. Hofranodd Charlie a Tad-cu Joe a Mr a Mrs Bucket i fyny hefyd. Felly, ar amrantiad, roedd y criw i gyd, yn ogystal â'r gwely, yn hofran o gwmpas fel balwnau y tu mewn i'r Esgynnydd Mawr Gwydr.

'Edrychwch beth ry'ch chi wedi'i wneud *nawr*!' meddai Mr Wonka, gan hofran o gwmpas.

'Beth ddigwyddodd?' gwaeddodd Mam-gu Josephine. Roedd hi wedi codi oddi ar y gwely ac roedd hi'n hofran ger y nenfwd yn ei gŵn nos.

'Aethon ni'n rhy bell?' gofynnodd Charlie.

'Yn rhy *bell*?' gwaeddodd Mr Wonka. 'Wrth gwrs ein bod ni wedi mynd yn rhy bell. Ydych chi'n gwybod ble ry'n ni wedi mynd, ffrindiau? Ry'n ni wedi mynd i mewn i orbit!'

Dyma nhw'n syllu, yn rhythu ac yn ebychu. Roedden nhw'n rhy syfrdan i siarad.

'Nawr ry'n ni'n rhuthro o gwmpas y Ddaear ar ddwy fil ar bymtheg o filltiroedd yr awr,' meddai Mr Wonka. 'Beth ry'ch chi'n 'i feddwl am hynny?'

'Dwi'n mogi!' ebychodd Mam-gu Georgina. 'Alla i ddim anadlu!'

'Wrth gwrs na allwch chi anadlu,' meddai Mr Wonka. 'Does dim aer i fyny fan hyn.' O dan y nenfwd, dyma fe'n rhyw fath o nofio draw at fotwm a'r gair OCSIGEN arno. Pwysodd y botwm. 'Fe fyddwch chi'n iawn nawr,' meddai. 'Anadlwch gymaint fyth ag y gallwch chi.'

'Dyma'r teimlad rhyfeddaf,' meddai Charlie, gan nofio o gwmpas. 'Dwi'n teimlo fel swigen.'

'Mae'n wych,' meddai Tad-cu Joe. 'Mae'n teimlo fel taswn i ddim yn pwyso dim byd o gwbl.'

'Dydych chi ddim,' meddai Mr Wonka. 'Does dim un ohonon ni'n pwyso dim byd – ddim hyd yn oed un owns.'

'Dwli pur!' meddai Mam-gu Georgina. 'Dwi'n pwyso cant tri deg saith pwys yn union.'

'Dydych chi ddim yn pwyso hynny nawr,' meddai Mr Wonka. 'Ry'ch chi'n hollol ddibwysau.'

Roedd y tri hen berson, Tad-cu George, Mam-gu Georgina a Mam-gu Josephine, yn gwneud eu gorau glas i fynd yn ôl i'r gwely, ond yn ofer. Roedd y gwely'n hofran o gwmpas yn yr awyr. Roedden nhw'n hofran hefyd, wrth gwrs, a bob tro roedden nhw'n dod uwchben y gwely ac yn ceisio gorwedd i lawr, roedden nhw'n hofran allan ohono. Roedd Charlie a Tad-cu Joe'n chwerthin lond eu boliau.

'Beth sydd mor ddoniol?' gofynnodd Mam-gu Josephine.

'Ry'n ni wedi eich cael chi i godi o'r gwely o'r diwedd,' meddai Tad-cu Joe.

'Cau dy geg a helpa ni i fynd 'nôl!' meddai Mam-gu Josephine yn swta.

'Anghofiwch e,' meddai Mr Wonka. 'Fyddwch chi byth yn gallu aros i lawr. Hofranwch o gwmpas a byddwch yn hapus.'

'Dyn dwl yw hwn!' gwaeddodd Mam-gu Georgina. 'Gwyliwch, ddweda i, neu fe fydd e'n ymdrwytho ni i gyd!'

2

Gwesty Gofod 'UDA'

Nid Esgynnydd Mawr Gwydr Mr Wonka oedd yr unig beth oedd yn mynd o gwmpas y ddaear yr adeg honno. Dau ddiwrnod cyn hynny, roedd Unol Daleithiau America wedi lansio eu Gwesty Gofod cyntaf – capsiwl enfawr fel sosej, dim llai na mil o droedfeddi o hyd. Ei enw oedd Gwesty Gofod 'UDA' ac roedd yn un o ryfeddodau oes y gofod. Ynddo roedd cwrt tennis, pwll nofio, campfa, ystafell chwarae i blant a phum cant o ystafelloedd gwely moethus, pob un â'i baddon ei hunan. Roedd system dymheru lawn yno. Hefyd, roedd peiriant oedd yn creu disgyrchiant yn y gwesty fel nad oeddet ti'n hofran o gwmpas ynddo. Roeddet ti'n cerdded yr un fath ag arfer.

Nawr, roedd y peth rhyfeddol hwn yn mynd ar ras o gwmpas y byd ar uchder o 240 milltir. Roedd y gwesteion yn cael eu cludo i fyny ac i lawr gan wasanaeth tacsi o gapsiwlau bach oedd yn codi o Cape Kennedy bob awr, ar yr awr, o ddydd Llun i ddydd Gwener. Ond hyd yma doedd neb yn y gwesty o gwbl, dim un gofodwr hyd yn oed. Y rheswm am hyn oedd oherwydd nad oedd neb wir wedi credu y byddai peth mor enfawr yn codi o'r ddaear heb ffrwydro.

Ond roedd y lansio wedi bod yn llwyddiant mawr a chan fod y Gwesty Gofod yn ddiogel mewn orbit, roedd pobl wrthi fel lladd nadroedd yn anfon y gwesteion cyntaf i fyny. Roedd sôn bod Arlywydd yr Unol Daleithiau ei hun yn mynd i fod yn un o'r rhai cyntaf i aros yn y gwesty ac, wrth gwrs, roedd pob math o bobl eraill ledled y byd yn rhuthro i gadw ystafelloedd ymlaen llaw. Roedd nifer o frenhinoedd a breninesau wedi anfon negeseuon i'r Tŷ Gwyn yn Washington i gadw ystafelloedd, ac roedd miliwnydd o Texas o'r enw Orson Cart, a oedd ar fin priodi seren o Hollywood o'r enw Helen Highwater, yn cynnig can mil o ddoleri'r dydd am yr ystafelloedd mis mêl.

Ond mae'n amhosibl anfon gwesteion i westy oni bai bod llawer o bobl yno i ofalu amdanyn nhw, ac mae hynny'n egluro pam roedd gwrthrych diddorol arall yn troi o gwmpas y ddaear yr eiliad honno. Y Capsiwl Teithio mawr oedd hwn, yn cynnwys holl staff Gwesty Gofod 'UDA'. Roedd yna reolwyr, rheolwyr cynorthwyol, clercod desg, gweinyddesau, gweision clychau, glanhawyr, cogyddion a phorthorion. Roedd y capsiwl roedden nhw'n teithio ynddo'n cael ei yrru gan y tri gofodwr enwog, Shuckworth, Shanks a Showler – pob un ohonyn nhw'n olygus, yn glyfar ac yn ddewr.

'Ymhen awr yn union,' meddai Shuckworth, gan siarad â'r teithwyr dros yr uchelseinydd, 'fe fyddwn ni'n cysylltu â Gwesty Gofod 'UDA', eich cartref hapus am y deng mlynedd nesaf. Ac unrhyw eiliad nawr, os edrychwch chi'n syth ymlaen, fe ddylech chi gael eich cip cyntaf ar y llong ofod wych hon.

21

A–ha! Dwi'n gweld rhywbeth fan 'na! Dyna hi, mae'n rhaid, bobl! Mae rhywbeth yno o'n blaenau ni, yn bendant!'

Syllodd Shuckworth, Shanks a Showler, yn ogystal â'r rheolwyr, y rheolwyr cynorthwyol, y clercod desg, y gweinyddesau, y gweision clychau, y glanhawyr, y cogyddion a'r porthorion yn gyffrous drwy'r ffenestri. Taniodd Shuckworth un neu ddau o rocedi bach i wneud i'r capsiwl fynd yn gynt, a dechreuon nhw ddal i fyny'n gyflym iawn.

'Hei!' bloeddiodd Showler. 'Nid ein Gwesty Gofod ni yw hwnna!'

'Nefoedd wen!' gwaeddodd Shanks. 'Beth yn enw Nebuchodonosor yw hwnna?'

'Glou! Rho'r telesgop i mi!' bloeddiodd Shuck-worth. Ag un llaw, tynhaodd ffocws y telesgop ac, â'r llall, symudodd y switsh oedd yn ei gysylltu â'r Rheolaeth o'r Ddaear.

'Helô, Houston!' gwaeddodd i'r meicroffon. 'Mae rhywbeth rhyfedd yn digwydd i fyny fan hyn! Mae rhywbeth yn hedfan o'n blaenau ni a dydy e ddim yn debyg i unrhyw long ofod dwi wedi'i gweld o'r blaen, mae hynny'n siŵr i chi!'

'Disgrifiwch y peth ar unwaith,' gorchmynnodd y Rheolaeth o'r Ddaear yn Houston.

'Mae e'n . . . mae e'n wydr i gyd ac mae e'n rhyw fath o sgwâr ac mae llawer o bobl ynddo! Maen nhw i gyd yn hofran o gwmpas fel pysgod mewn tanc!'

'Sawl gofodwr sydd ynddo?'

'Dim un,' meddai Shuckworth. 'Allan nhw byth â bod yn ofodwyr.'

'Pam ry'ch chi'n dweud hynny?'

'Oherwydd mae o leiaf dri ohonyn nhw'n gwisgo dillad nos!'

'Peidiwch â bod yn ffŵl, Shuckworth!' meddai'r Rheolaeth o'r Ddaear yn swta. 'Pwyllwch, ddyn! Mae hyn yn ddifrifol!'

'Ar fy llw!' gwaeddodd Shuckworth druan. 'Mae tri ohonyn nhw'n gwisgo dillad nos! Dwy hen wraig ac un hen ddyn! Dwi'n gallu eu gweld nhw'n glir! Dwi hyd yn oed yn gallu gweld eu hwynebau nhw! Arswyd, maen nhw'n hŷn na Moses! Maen nhw tua naw deg mlwydd oed!'

'Ry'ch chi wedi mynd yn wallgof, Shuckworth!' gwaeddodd y Rheolaeth o'r Ddaear. 'Ry'ch chi newydd golli eich swydd! Dwi eisiau siarad â Shanks!'

'Shanks sy 'ma,' meddai Shanks. 'Gwrandewch nawr, Houston. Mae tri hen berson mewn dillad nos yn hofran o gwmpas yn y blwch gwydr dwl 'ma ac mae dyn bach doniol â barf bigfain yn gwisgo het silc ddu a chot felfed gynffon fain o liw eirin a throwsus gwyrdd tywyll . . .'

'Arhoswch!' sgrechiodd y Rheolaeth o'r Ddaear.

'Ac nid dyna'r cyfan,' meddai Shanks. 'Hefyd mae yna fachgen bach tua deng mlwydd oed . . .'

'Nid bachgen yw hwnna, y twpsyn!' gwaeddodd y Rheolaeth o'r Ddaear. 'Gofodwr mewn cuddwisg yw hwnna! Gofodwr sy'n gorrach wedi'i wisgo fel bachgen bach! Gofodwyr yw'r hen bobol 'na hefyd! Maen nhw i gyd mewn cuddwisg!'

'Ond pwy *ydyn* nhw?' gwaeddodd Shanks.

'Sut ddiawch ddylwn i wybod?' meddai'r Rheolaeth o'r Ddaear. 'Ydyn nhw'n mynd i gyfeiriad ein Gwesty Gofod ni?'

'Dyna'n union lle maen nhw'n mynd!' gwaeddodd Shanks. 'Dwi'n gallu gweld y Gwesty Gofod nawr tua milltir o'n blaenau ni.'

'Maen nhw'n mynd i'w ffrwydro fe!' bloeddiodd y Rheolaeth o'r Ddaear. 'Mae hyn yn ddifrifol iawn! Mae hyn yn . . .' Yn sydyn diflannodd ei lais a chlywodd Shanks lais hollol wahanol yn ei glustffonau. Roedd e'n ddwfn ac yn gras.

'Fe ofala i am hyn,' meddai'r llais dwfn, cras. 'Ydych chi yno, Shanks?'

'Wrth gwrs fy mod i,' meddai Shanks. 'Ond rhag eich cywilydd chi'n torri ar draws. Peidiwch â busnesa. Pwy sy 'na, beth bynnag?'

'Arlywydd yr Unol Daleithiau sy 'ma,' meddai'r llais.

'A Dewin Gwlad yr Os sy 'ma,' meddai Shanks. 'Pwy sy'n tynnu fy nghoes i?'

'Peidiwch â siarad dwli, Shanks,' meddai'r Arlywydd yn swta. 'Mae hyn yn argyfwng cenedlaethol!'

'Bobol bach!' meddai Shanks, gan droi at Shuckworth a Showler. 'Yr Arlywydd *sy* 'na go iawn. Yr Arlywydd Gilligrass ei hun sy 'na . . . Wel, *helô*, Mr Arlywydd, syr. Sut rydych *chi* heddiw?'

'Faint o bobl sy yn y capsiwl gwydr 'na?' meddai'r Arlywydd yn gras.

'Wyth,' meddai Shanks. 'Mae pob un yn hofran.'

'*Hofran?*'

'Ry'n ni y tu hwnt i rym disgyrchiant i fyny fry fan hyn, Mr Arlywydd. Mae popeth yn hofran. Fe fydden ni'n hofran ein hunain tasen ni ddim wedi cael ein clymu i lawr. Wyddech chi mo hynny?'

'Wrth gwrs y gwyddwn i hynny,' meddai'r Arlywydd. 'Beth arall allwch chi 'i ddweud wrtha i am y capsiwl gwydr?'

'Mae gwely ynddo fe,' meddai Shanks. 'Gwely dwbl mawr ac mae hwnnw'n hofran hefyd.'

'Gwely!' cyfarthodd yr Arlywydd. 'Pwy glywodd sôn am wely mewn llong ofod!'

'Dwi'n tyngu mai gwely yw e,' meddai Shanks.

'Rhaid eich bod chi'n hanner call a dwl, Shanks,' cyhoeddodd yr Arlywydd. 'Ry'ch chi'n dwp fel twmffat! Gadewch i mi siarad â Showler!'

'Showler sy 'ma, Mr Arlywydd,' meddai Showler, gan gymryd y meicroffon oddi wrth Shanks. 'Mae hi'n anrhydedd fawr i mi gael siarad â chi, syr.'

'O, byddwch ddistaw!' meddai'r Arlywydd. 'Dwedwch wrtha i beth ry'ch chi'n 'i weld, dyna i gyd.'

'Does dim dwywaith mai gwely yw e, Mr Arlywydd. Dwi'n gallu ei weld e drwy fy nhelesgop. Mae ganddo fe gynfasau a charthenni a matras . . .'

'Nid gwely yw hwnna, y pen dafad!' bloeddiodd yr Arlywydd. 'Welwch chi ddim mai tric yw e! Bom yw e. Bom wedi'i wneud i edrych fel gwely! Maen nhw'n mynd i ffrwydro ein Gwesty Gofod gwych ni!'

'Pwy ydyn *nhw*, Mr Arlywydd, syr?' meddai Showler.

'Peidiwch â siarad cymaint a gadewch i mi feddwl,' meddai'r Arlywydd.

Aeth pethau'n dawel am rai eiliadau. Roedd Showler ar bigau'r drain. A Shanks a Shuckworth. A'r rheolwyr, y rheolwyr cynorthwyol, y clercod desg, y gweinyddesau, y gweision clychau, y glanhawyr, y cogyddion a'r porthorion. Ac i lawr yn yr Ystafell Reoli enfawr yn Houston, roedd cant o reolwyr yn eistedd yn llonydd o flaen eu deialau a'u sgriniau, yn aros i weld pa orchmynion y byddai'r Arlywydd yn eu rhoi nesaf i'r gofodwyr.

'Dwi newydd feddwl am rywbeth,' meddai'r Arlywydd. 'Mae camera teledu gyda chi lan fan 'na ar flaen eich llong ofod, on'd oes, Showler?'

'Oes wir, Mr Arlywydd.'

'Wel, trowch e ymlaen, y ffŵl gwirion, a gadewch i ni i gyd i lawr fan hyn gael cip ar y peth 'ma!'

'Feddyliais i ddim am hynny,' meddai Showler. 'Does dim *rhyfedd* mai chi yw'r Arlywydd. Dyma ni . . .' Ymestynnodd ei fraich a throi'r camera teledu ar drwyn y llong ofod ymlaen. A'r eiliad honno, dyma bum can miliwn o bobl oedd wedi bod yn gwrando ar y radio dros y byd i gyd yn rhuthro at eu setiau teledu.

Ar eu sgriniau dyma nhw'n gweld yn union beth roedd Shuckworth a Shanks a Showler yn ei weld – blwch gwydr rhyfedd yn teithio o gwmpas y ddaear ac, yn y blwch, er nad oedden nhw i'w gweld yn eglur iawn, ond yn y golwg serch hynny, roedd saith o oedolion ac un bachgen bach a gwely dwbl enfawr, a phob un ohonyn nhw'n hofran. Roedd coesau tri o'r oedolion yn noeth ac roedden nhw'n gwisgo dillad nos. Ac yn y pellter maith, y tu hwnt i'r blwch gwydr, gallai'r gwylwyr teledu weld siâp anferth, disglair ac ariannaidd Gwesty Gofod 'UDA'.

Ond roedd pawb yn syllu ar y blwch gwydr sinistr ei hun, a'r cargo o greaduriaid sinistr y tu mewn iddo – wyth gofodwr oedd mor galed a chryf fel nad oedden nhw'n ffwdanu gwisgo siwtiau gofod hyd yn oed. Pwy oedd y bobl hyn ac o ble roedden nhw'n dod? A beth yn enw'r nefoedd oedd y peth mawr mileinig yr olwg oedd wedi'i wneud i edrych fel gwely dwbl? Roedd yr Arlywydd wedi dweud mai bom oedd e ac roedd e'n gywir, siŵr o fod. Ond beth oedden nhw'n mynd i'w wneud ag e? Dechreuodd rhyw fath o banig gydio yn y gwylwyr teledu ledled America a Chanada a Rwsia a Japan ac India a Tsieina ac Affrica a Lloegr a Ffrainc a'r Almaen ac ym mhobman arall yn y byd.

'Cadwch draw oddi wrthyn nhw, Showler!' gorchmynnodd yr Arlywydd dros y cyswllt radio.

'Fe wnaf i, Mr Arlywydd!' atebodd Showler. 'Fe wnaf i, *siŵr iawn*!'

3

Y Cysylltu

Y tu mewn i'r Esgynnydd Mawr Gwydr roedd yna hefyd gryn dipyn o gyffro. Gallai Charlie a Mr Wonka a'r lleill i gyd weld siâp ariannaidd enfawr Gwesty Gofod 'UDA' tua milltir o'u blaenau nhw. A'r tu ôl iddyn nhw roedd y Capsiwl Teithio llai (ond a oedd eto'n go enfawr). Roedd yr Esgynnydd Mawr Gwydr (nad oedd yn edrych mor fawr nawr wrth ochr y ddau anghenfil hyn) yn y canol. Ac, wrth gwrs, roedd pawb, hyd yn oed Mam-gu Josephine, yn gwybod yn iawn beth oedd yn digwydd. Roedden nhw hyd yn oed yn gwybod mai Shuckworth, Shanks a Showler oedd enwau'r tri gofodwr oedd yn gyfrifol am y Capsiwl Teithio. Roedd y byd i gyd yn gwybod y pethau hyn. Dyma'r unig beth, bron, roedd y papurau newydd a'r teledu wedi bod yn sôn amdano am y chwe mis diwethaf. Ymgyrch Gwesty'r Gofod oedd digwyddiad y ganrif.

'Dyna dipyn o lwc!' gwaeddodd Mr Wonka. 'Ry'n ni wedi glanio reit yng nghanol yr ymgyrch ofod fwyaf erioed!'

'Ry'n ni wedi glanio yng nghanol llanast ofnadwy,' meddai Mam-gu Josephine. 'Trowch 'nôl ar unwaith!'

'Na, Mam-gu,' meddai Charlie. 'Mae'n *rhaid* i ni wylio'r cyfan nawr. Mae'n *rhaid* i ni weld y Capsiwl Teithio'n cysylltu â'r Gwesty Gofod.'

Hofranodd Mr Wonka'n agos agos at Charlie. 'Gad i ni achub y blaen arnyn nhw, Charlie,' sibrydodd. 'Beth am i ni gyrraedd yno gyntaf a mynd ar fwrdd y Gwesty Gofod ein hunain!'

Roedd Charlie'n gegrwth. Yna fe lyncodd. Yna meddai'n dawel, 'Mae'n amhosibl. Mae angen pob math o geriach arbennig arnoch chi i gysylltu â llong ofod arall, Mr Wonka.'

'Fe allai fy Esgynnydd i gysylltu â chrocodeil petai'n rhaid iddo fe wneud hynny,' meddai Mr Wonka. 'Gad hynny i mi, 'machgen i!'

'Tad-cu Joe!' gwaeddodd Charlie. 'Glywsoch chi hynna? Ry'n ni'n mynd i gysylltu â'r Gwesty Gofod a mynd i mewn iddo fe!'

'Hwrêêêêêê!' gwaeddodd Tad-cu Joe. 'Dyna syniad gwych, syr! Dyna syniad rhyfeddol!' Cydiodd yn llaw Mr Wonka a dechrau ei siglo fel thermomedr.

'Bydd ddistaw, y twmffat twp!' meddai Mam-gu Josephine. 'Ry'n ni mewn cawl digon twym yn barod. Dwi eisiau mynd adref.'

'A minnau hefyd!' meddai Mam-gu Georgina.

'Beth petaen nhw'n dod ar ein holau ni?' meddai Mr Bucket, gan siarad am y tro cyntaf.

'Beth petaen nhw'n ein dal ni?' meddai Mrs Bucket.

'Beth petaen nhw'n ein saethu ni?' meddai Mam-gu Georgina.

'Beth petai fy marf wedi'i gwneud o sbigoglys gwyrdd?' gwaeddodd Mr Wonka. 'Dwli a hurtwch! Ewch chi byth i unman os byddwch chi'n "beth petaio" fel 'na. Fyddai Columbus wedi darganfod America petai e wedi dweud "Beth petawn i'n suddo ar y ffordd draw? Beth petawn i'n cwrdd â môrladron? Beth petawn i byth yn dod 'nôl?" Fyddai e byth wedi dechrau hyd yn oed. Dy'n ni ddim eisiau unrhyw "beth petaiwyr" fan hyn, ydyn ni, Charlie? I ffwrdd â ni, 'te. Ond arhoswch . . . nid ar chwarae bach y mae gwneud hyn ac fe fydd angen help arna i. Mae tair set o fotymau y mae angen i ni eu gwasgu mewn gwahanol rannau o'r Esgynnydd. Fe gymera i'r ddwy set draw fan 'na, y rhai gwyn a'r rhai du.' Gwnaeth Mr Wonka sŵn chwythu rhyfedd â'i geg a symud yn ddiymdrech, fel aderyn enfawr, ar draws yr Esgynnydd at y botymau du a gwyn, a dyna lle bu e'n hofran. 'Tad-cu Joe, syr, fyddech chi cystal â sefyll wrth y botwm arian 'na fan 'na . . . ie,

dyna fe . . . A ti, Charlie, cer i fyny a hofran wrth ymyl y botwm bach aur 'na ger y nenfwd. Rhaid i mi ddweud wrthoch chi fod pob un o'r botymau hyn yn tanio rocedi hybu o wahanol fannau y tu allan i'r Esgynnydd. Dyna sut ry'n ni'n newid cyfeiriad. Mae rocedi Tad-cu Joe yn ein troi ni i'r starbord, i'r dde.

Mae rocedi Charlie'n ein troi ni i'r port, i'r chwith. Mae fy rhai i'n gwneud i ni fynd yn uwch neu'n is neu'n gyflymach neu'n arafach. Pawb yn barod?'

'Nac ydw! Arhoswch!' gwaeddodd Charlie, a oedd yn hofran hanner ffordd yn union rhwng y llawr a'r nenfwd. 'Sut dwi'n codi? Alla i ddim cyrraedd y nenfwd!' Roedd e'n curo'i freichiau a'i goesau'n wyllt, fel nofiwr oedd yn boddi, ond heb symud i unman.

'Fy machgen annwyl,' meddai Mr Wonka. 'Alli di ddim *nofio* yn y stwff yma. Nid dŵr yw e, wyddost ti. Awyr yw e, ac awyr denau iawn ar ben hynny. Does 'na ddim byd i wthio yn ei erbyn. Felly mae'n rhaid i ti ddefnyddio jet-yriant. Gwylia fi. Yn gyntaf, anadla'n ddwfn, yna rwyt ti'n gwneud twll bach crwn â'th geg ac rwyt ti'n chwythu nerth dy esgyrn. Os wyt ti'n chwythu ar i lawr, rwyt ti'n cael dy wthio i fyny. Os wyt ti'n chwythu i'r chwith, rwyt ti'n saethu i'r dde, ac yn y blaen. Rwyt ti'n symud dy hunan o gwmpas fel llong ofod, ond gan ddefnyddio dy geg fel roced hybu.'

Yn sydyn dechreuodd pawb ymarfer y busnes hedfan o gwmpas yma, ac roedd yr Esgynnydd i gyd yn llawn o sŵn chwythu a chwyrnu'r teithwyr. Roedd Mam-gu Georgina, yn ei gŵn nos gwlanen goch a'i dwy goes noeth, denau yn y golwg, yn chwythu a phoeri fel rhinoseros ac yn hedfan o un ochr o'r Esgynnydd i'r llall dan weiddi 'Allan o'r ffordd! Allan o'r ffordd!' ac yn taro i mewn i Mr a Mrs Bucket druan ar gyflymder ofnadwy. Roedd Tad-cu George a Mam-gu Josephine yn gwneud yn union yr un fath. Ac mae'n debyg dy fod ti'n tybio beth roedd y miliynau o bobl i lawr ar y ddaear yn meddwl wrth iddyn nhw wylio'r digwyddiadau gwyllt hyn ar eu sgriniau teledu. Rhaid i ti sylweddoli na allen nhw weld pethau'n eglur iawn. Dim ond tua maint grawnffrwyth oedd yr Esgynnydd Mawr Gwydr ar eu sgriniau nhw, ac roedd y bobl y tu mewn iddo, oedd braidd yn aneglur drwy'r gwydr, yn ddim mwy na hadau'r grawnffrwyth. Hyd yn oed wedyn roedd y gwylwyr islaw'n gallu eu gweld nhw'n suo'n wyllt fel pryfed mewn blwch gwydr.

'Beth yn y byd mawr maen nhw'n 'i wneud?' gwaeddodd Arlywydd yr Unol Daleithiau, gan syllu ar y sgrin.

'Mae hi'n edrych fel rhyw fath o ddawns ryfel, Mr Arlywydd,' atebodd Showler y gofodwr dros y radio.

'Ry'ch chi'n meddwl mai Indiaid Cochion ydyn nhw, felly!' meddai'r Arlywydd.

'Ddwedais i mo hynny, syr.'

'O do, Showler.'

'O naddo, Mr Arlywydd.'

'Tawelwch!' meddai'r Arlywydd. 'Ry'ch chi'n gwneud i mi ddrysu.'

Yn ôl yn yr Esgynnydd, roedd Mr Wonka'n dweud, '*Plis! Plis!* Wnewch chi beidio â hedfan o gwmpas! Arhoswch yn llonydd er mwyn i ni fynd ati i lanio!'

'Yr hen fwlsyn diflas!' meddai Mam-gu Georgina wrth hedfan heibio iddo. 'A ninnau'n dechrau cael ychydig o hwyl, ry'ch chi eisiau rhoi stop arni!'

'Edrychwch arna i, bawb!' gwaeddodd Mam-gu Josephine. 'Dwi'n hedfan! Eryr aur ydw i!'

'Dwi'n gallu hedfan yn gynt na neb!' gwaeddodd Tad-cu George, gan chwyrlïo o gwmpas, a'i grys nos yn agor y tu ôl iddo fel cynffon parot.

'Tad-cu George!' gwaeddodd Charlie. 'Pwyllwch, da chi. Os na frysiwn ni, fe fydd y gofodwyr yn cyrraedd yno o'n blaenau ni. Oes unrhyw un ohonoch chi eisiau gweld y tu mewn i'r Gwesty Gofod, unrhyw un ohonoch chi?'

'Allan o'r ffordd!' gwaeddodd Mam-gu Georgina, gan chwythu ei hunan yn ôl ac ymlaen. 'Jymbo-jet ydw i!'

'Twpsen dwp ydych chi!' meddai Mr Wonka.

Yn y pen draw, dechreuodd yr hen bobl flino a cholli eu gwynt, ac ymdawelodd pawb a hofran yn dawel.

'Ydych chi'n barod, Charlie a Tad-cu Joe, syr?' meddai Mr Wonka.

'Popeth yn barod, Mr Wonka,' atebodd Charlie, gan hofran yn agos at y nenfwd.

'Fi fydd yn rhoi'r gorchmynion,' meddai Mr Wonka. 'Fi yw'r peilot. Peidiwch â thanio eich rocedi tan i mi ddweud wrthoch chi. A pheidiwch ag anghofio pwy yw pwy. Charlie, port wyt ti. Tad-cu Joe, starbord ydych chi.' Gwasgodd Mr Wonka un o'i ddau fotwm ei hun a dyma rocedi hybu'n dechrau tanio'n syth o dan yr Esgynnydd Mawr Gwydr. Neidiodd yr Esgynnydd ymlaen, ond symudodd yn wyllt i'r dde. 'Port – trowch yn galed!' bloeddiodd Mr Wonka. Gwasgodd Charlie ei fotwm. Taniodd ei rocedi. Siglodd yr Esgynnydd yn ôl i'w le. 'Gan bwyll bach!' gwaeddodd Mr Wonka. 'Starbord – deg

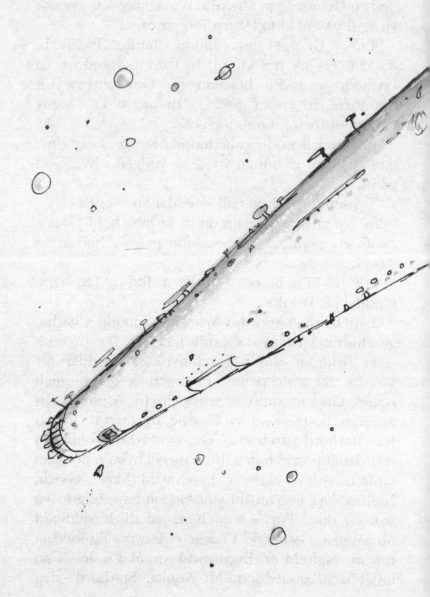

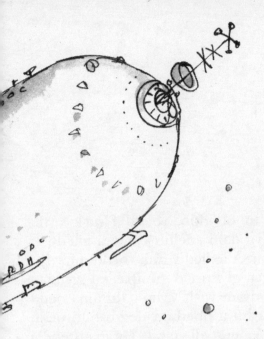

gradd! . . . Gan bwyll! . . . Gan bwyll! . . . Cadwch e fan 'na! . . .'

Cyn hir roedden nhw'n hofran yn union o dan gynffon y Gwesty Gofod enfawr ariannaidd. 'Welwch chi'r drws bach sgwâr a'r bolltau arno?' meddai Mr Wonka. 'Dyna'r fynedfa lanio. Fyddwn ni ddim yn hir nawr . . . Port fymryn bach! . . . Gan bwyll! . . . Starbord ychydig! . . . Da iawn . . . Da iawn . . . Gan bwyll bach . . . ry'n ni bron â chyrraedd . . .'

I Charlie, roedd hi'n teimlo fel petai e mewn cwch rhwyfo pitw bach o dan starn y llong fwyaf yn y byd. Roedd y Gwesty Gofod yn codi fry uwch eu pennau. Roedd e'n enfawr. 'Alla i ddim aros,' meddyliodd Charlie, 'cyn mynd i mewn a gweld pa fath o beth yw e.'

4

Yr Arlywydd

Hanner milltir y tu ôl iddo, roedd Shuckworth, Shanks a Showler yn dal i anelu'r camera teledu at yr Esgynnydd Gwydr. A ledled y byd, roedd miliynau ar filiynau o bobl yn glwstwr o gwmpas eu sgriniau teledu, ar bigau'r drain wrth wylio'r ddrama oedd yn digwydd ddau gant a phedwar deg o filltiroedd uwchlaw'r ddaear. Yn ei stydi yn y Tŷ Gwyn eisteddai Lancelot R. Gilligrass, Arlywydd Unol Daleithiau America, y dyn mwyaf pwerus ar y Ddaear. Oherwydd yr argyfwng hwn, roedd ei gynghorwyr pwysicaf i gyd wedi eu galw ato ar unwaith. Dyna lle roedden nhw nawr, yn gwylio pob symudiad roedd y capsiwl gwydr peryglus yr olwg a'i wyth gofodwr gwyllt yr olwg yn ei wneud ar y sgrin deledu anferth. Roedd y Cabinet cyfan yn bresennol. Roedd Pennaeth y Fyddin yno, gyda phedwar cadfridog arall. Roedd Pennaeth y Llynges a Phennaeth y Llu Awyr yno a llyncwr cleddyfau o Afghanistan, sef ffrind gorau'r Arlywydd. Roedd Prif Gynghorydd Ariannol yr Arlywydd yno, yn sefyll yng nghanol yr ystafell yn ceisio mantoli'r gyllideb ar ei ben, ond roedd hi'n cwympo oddi arno drwy'r amser. Nesaf at yr Arlywydd safai'r Dirprwy Arlywydd, dynes fawr wyth deg naw oed oedd â gên flewog. Hi oedd nyrs yr Arlywydd pan oedd e'n faban a Miss Tibbs oedd ei henw. Miss Tibbs oedd y grym y tu ôl i'r orsedd. Doedd hi ddim yn cymryd unrhyw ddwli gan neb. Roedd rhai pobl yn dweud ei bod hi yr un mor llym wrth yr Arlywydd nawr ag yr oedd hi pan oedd e'n fachgen bach. Hi oedd person mwyaf dychrynllyd y Tŷ Gwyn ac roedd Pennaeth y Gwasanaethau Cudd hyd yn oed yn torri chwys pan fyddai e'n cael ei alw ati. Yr Arlywydd yn unig oedd yn cael ei galw hi'n Nani. Roedd Mrs Taubsypuss, cath enwog yr Arlywydd, hefyd yn yr ystafell.

Roedd tawelwch llethol yn stydi'r Arlywydd nawr. Roedd pob llygad wedi'i hoelio ar y sgrin deledu wrth i'r peth bach gwydr, a'i rocedi hybu'n tanio, lithro'n esmwyth y tu ôl i'r Gwesty Gofod anferthol.

'Maen nhw'n mynd i gysylltu!' gwaeddodd yr Arlywydd. 'Maen nhw'n mynd i mewn i'n Gwesty Gofod!'

'Maen nhw'n mynd i'w ffrwydro fe!' gwaeddodd Pennaeth y Fyddin. 'Gadewch i ni eu ffrwydro *nhw* gyntaf, clec, cratsh, clatsh clec-clec-clec-clec.' Roedd Pennaeth y Fyddin yn gwisgo cymaint o rubanau medalau roedden nhw'n gorchuddio tu blaen ei wisg i gyd ar y ddwy ochr ac i lawr i'w drowsus hefyd. 'Dewch, Mr A.,' meddai. 'Gadewch i ni gael ffrwydradau ffantastig a gwych!'

'Tawelwch, y bachgen dwl!' meddai Miss Tibbs, a sleifiodd Pennaeth y Fyddin i gornel.

'Gwrandewch,' meddai'r Arlywydd. 'Y pwynt yw hyn. *Pwy ydyn nhw? Ac o ble maen nhw'n dod?* Ble mae fy Mhrif Ysbïwr?'

'Yma, syr, Mr Arlywydd, syr!' meddai'r Prif Ysbïwr.
Roedd ganddo fwstás ffug, barf ffug, blew llygaid
ffug, dannedd dodi a llais gwichlyd.

'Cnoc-Cnoc,' meddai'r Arlywydd.

'Pwy sy 'na?' meddai'r Prif Ysbïwr.

'Siôn.'

'Siôn pwy?'

'Siôn i'n hoffi gwybod a wyt ti wedi dal unrhyw un
eto?' meddai'r Arlywydd.

Roedd tawelwch am ennyd. 'Gofynnodd yr Arlywydd gwestiwn i ti,' meddai Miss Tibbs mewn llais rhewllyd. 'Dwedodd e, "Siôn i'n hoffi gwybod a wyt ti wedi dal unrhyw un eto?"'

'Nac ydw, madam, ddim eto,' meddai'r Prif Ysbïwr, gan ddechrau symud yn anghyfforddus.

'Wel, dyma dy gyfle di,' chwyrnodd Miss Tibbs.

'Eitha reit,' meddai'r Arlywydd. 'Dwed wrtha i'n syth pwy yw'r bobl yn y capsiwl gwydr 'na!'

'A-ha,' meddai'r Prif Ysbïwr, gan chwarae â'i fwstás ffug. 'Mae hwnna'n gwestiwn anodd dros ben.'

'Rwyt ti'n golygu nad wyt ti'n gwybod?'

'Dwi'n golygu fy mod i'n gwybod, Mr Arlywydd. O leiaf dwi'n meddwl 'mod i'n gwybod. Gwrandewch. Ry'n ni newydd lansio'r gwesty mwyaf gwych yn y byd. Cywir?'

'Cywir!'

'A phwy sydd mor wyllt o eiddigeddus o'n gwesty gwych ni fel ei fod eisiau ei ffrwydro fe?'

'Miss Tibbs,' meddai'r Arlywydd.

'Anghywir,' meddai'r Prif Ysbïwr. 'Triwch eto.'

'Wel,' meddai'r Arlywydd, gan feddwl yn ddwys. 'Os felly, efallai mai rhyw berchennog gwestai arall yw e sy'n eiddigeddus o'n gwesty hyfryd ni?'

'Rhagorol!' gwaeddodd y Prif Ysbïwr. 'Daliwch ati, syr! Rydych chi'n poethi!'

'Mr Savoy yw e!' meddai'r Arlywydd.

'Rydych chi'n poethi o hyd, Mr Arlywydd!'

'Mr Ritz!'

'Rydych chi'n boeth, syr! Rydych chi'n chwilboeth! Daliwch ati!'

'Dwi'n gwybod!' gwaeddodd yr Arlywydd. 'Mr Hilton yw e!'

'Da iawn chi, syr!' meddai'r Prif Ysbïwr.

'Ydych chi'n siŵr mai fe yw e?'

'Dwi ddim yn siŵr, ond yn sicr mae'n bosibilrwydd cryf, Mr Arlywydd. Wedi'r cyfan, mae gan Mr Hilton westai ym mhob gwlad yn y byd, bron, ond does dim un ganddo fe yn y gofod. Ac mae un gennym ni. Mae'n rhaid ei fod e'n wyllt gacwn!'

'Go fflamia, fe rown ni drefn ar hyn mewn dim o dro!' meddai'r Arlywydd yn swta, gan gydio yn un o'r un ar ddeg o ffonau ar ei ddesg. 'Helô!' meddai i mewn i'r ffôn. 'Helô helô helô! Ble mae'r teleffonydd?' Gwasgodd y peth bach rwyt ti'n ei wasgu pan fyddi di eisiau siarad â'r teleffonydd i fyny ac i lawr yn ffyrnig. 'Deleffonydd, ble ry'ch chi?'

'Ateban nhw mohonoch chi nawr,' meddai Miss Tibbs. 'Maen nhw i gyd yn gwylio'r teledu.'

'Wel, bydd *hwn* yn ateb!' meddai'r Arlywydd, gan godi ffôn coch llachar yn sydyn. Hon oedd y llinell boeth uniongyrchol at Bennaeth Rwsia Sofietaidd yn Moscow. Roedd hi bob amser ar agor a dim ond mewn argyfyngau ofnadwy y byddai'n cael ei defnyddio. 'Mae'r un mor debygol mai'r Rwsiaid sydd wrthi â Mr Hilton,' aeth yr Arlywydd yn ei flaen. 'Dydych chi ddim yn cytuno, Nani?'

'Y Rwsiaid sydd wrthi, dwi'n siŵr,' meddai Miss Tibbs.

'Arlywydd Yugetoff sy'n siarad,' meddai'r llais o Moscow. 'Beth sy'n eich poeni chi, Mr Arlywydd?'

'Cnoc-Cnoc,' meddai'r Arlywydd.

'Pwy sy 'na?' meddai'r Arlywydd Sofietaidd.

'Warren.'

'Warren Peace gan Leo Tolstoy,' meddai'r Arlywydd. 'Nawr edrychwch, Yugetoff! Symudwch eich gofodwyr oddi ar ein Gwesty Gofod ni'r eiliad hon! Fel arall dwi'n ofni y bydd yn rhaid i ni ddysgu gwers i chi, Yugetoff!'

'Nid Rwsiaid yw'r gofodwyr 'na, Mr Arlywydd.'

'Mae e'n dweud celwydd,' meddai Miss Tibbs.

'Ry'ch chi'n dweud celwydd,' meddai'r Arlywydd.

'Dwi ddim yn dweud celwydd, syr,' meddai'r Arlywydd Yugetoff. 'Ydych chi wedi edrych yn ofalus ar y gofodwyr 'na yn y blwch gwydr? Dwi ddim yn gallu eu gweld nhw'n rhy glir ar fy sgrin deledu, ond mae un ohonyn nhw, yr un bach â'r farf bigfain a'r het silc, yn edrych yn debyg i rywun o Tsieina. Yn wir, mae e'n fy atgoffa i'n fawr iawn o'm ffrind sy'n Brif Weinidog Tsieina . . .'

'Dwli a sothach!' gwaeddodd yr Arlywydd, gan daro'r ffôn coch i lawr a chodi un porslen. Roedd y ffôn porslen yn mynd yn syth at Bennaeth Gweriniaeth Tsieina yn Peking.

'Helô helô helô!' meddai'r Arlywydd.

'Siop Bysgod a Llysiau Wing yn Shanghai,' meddai llais bach yn y pellter. 'Mr Wing yn siarad.'

'Nani!' llefodd yr Arlywydd, gan daro'r ffôn i lawr. 'Ro'n i'n meddwl mai llinell uniongyrchol at y Pennaeth oedd hon!'

'Dyna yw hi,' meddai Miss Tibbs. 'Tria eto.'

Cododd yr Arlywydd y derbynnydd. 'Helô!' bloeddiodd.

'Mr Wong yn siarad,' meddai llais ar y pen arall.

'*Mistar Pwy?*' sgrechiodd yr Arlywydd.

'Mr Wong, gorsaf-feistr cynorthwyol, Chungking, ac os ydych chi'n holi am dlên deg o'l gloch, tlên deg o'l gloch ddim yn ledeg heddiw. Boelel wedi ffrwydro.'

Taflodd yr Arlywydd y ffôn ar draws yr ystafell at y Prif Bostfeistr. Fe'i trawodd yn ei stumog. 'Beth sy'n bod ar y peth 'ma?' gwaeddodd yr Arlywydd.

'Mae hi'n anodd iawn ffonio pobl yn Tsieina, Mr Arlywydd,' meddai'r Postfeistr Cyffredinol. 'Mae'r wlad yn llawn o Wings a Wongs, bob tro byddwch chi'n wingio, fe gewch chi'r rhif wong.'

'Dwedwch chi,' meddai'r Arlywydd.

Rhoddodd y Postfeistr Cyffredinol y ffôn yn ôl ar y ddesg. 'Rhowch un cynnig arall arni, Mr Arlywydd, os gwelwch chi'n dda,' meddai. 'Dwi wedi tynhau'r sgriwiau oddi tano.'

Cododd yr Arlywydd y derbynnydd unwaith eto.

'Cyfalchion, Alywydd anrhydeddus," meddai llais meddal yn y pellter. 'Is-Alywydd Cnoi-Hy-Cil sy'n siarad. Beth alla i wneud i chi?'

'Cnoc-Cnoc,' meddai'r Arlywydd.

'Pwy 'na?'

'Cai.'

'Cai pwy?'

'Cai niwed os bydda i'n cwympo oddi ar Wal Fawr Tsieina,' meddai'r Arlywydd. 'O'r gorau, Cnoi-Hy-Cil. Gadewch i mi siarad â'r Arlywydd Shw-i-Chi.'

'Soli mawl ond Alywydd Shw-i-Chi ddim yma'r eiliad yma, Mr Alywydd.'

'Ble mae e?'

'Mae e'r tu allan yn cyweirio teiar ei feic.'

'O nac ydy ddim,' meddai'r Arlywydd. 'Allwch chi ddim o 'nhwyllo i, yr hen fandarin cyfrwys! Yr union funud hon mae e'n mynd i mewn i'n Gwesty Gofod gwych ni gyda saith gwalch arall i'w ffrwydro fe!'

'Esgusodwch pliiis, Mr Alywydd. Chi gwneud camsyniad mawl . . .'

'Dim camsyniad!' cyfarthodd yr Arlywydd. 'Ac os na wnewch chi eu galw nhw 'nôl ar unwaith, dwi'n mynd i ddweud wrth Bennaeth y Fyddin i'w chwythu nhw fry i'r awyr! Felly, cnowch eich cil ar hynny, Cnoi-Hy-Cil!'

'Hwrê!' meddai Pennaeth y Fyddin. 'Gadewch i ni chwythu pawb i fyny! Clec-clec! Clec-clec!'

'Tawelwch!' cyfarthodd Miss Tibbs.

'Dwi wedi'i wneud e!' gwaeddodd y Prif Ym-gynghorydd Ariannol. 'Edrychwch arna i, bawb! Dwi wedi mantoli'r gyllideb!' Ac yn wir, roedd e wedi gwneud hynny. Safai'n falch yng nghanol yr ystafell gyda'r gyllideb 200 biliwn doler enfawr wedi'i mantoli'n berffaith ar ei ben moel. Curodd pawb eu dwylo. Yna'n sydyn daeth llais taer y gofodwr Shuckworth ar yr uchelseinydd radio yn stydi'r Arlywydd. 'Maen nhw wedi cysylltu ac wedi mynd i mewn!' gwaeddodd Shuckworth. 'Ac maen nhw wedi mynd â'r gwely i mewn . . . hynny yw, y bom!'

Sugnodd yr Arlywydd ei anadl i mewn yn sydyn. Hefyd sugnodd bryfyn mawr oedd yn digwydd mynd heibio ar yr pryd. Tagodd. Rhoddodd Miss Tibbs ergyd ar ei gefn. Llyncodd y pryfyn a theimlo'n well. Ond roedd e'n gynddeiriog. Cydiodd yn y pensil a'r papur a dechrau tynnu llun. Wrth iddo dynnu'r llun, meddai sawl gwaith o dan ei anadl, 'Dwi'n gwrthod cael pryfed yn fy swyddfa! Wnaf i mo'u dioddef nhw!' Arhosodd ei gynghorwyr yn eiddgar. Roedden nhw'n gwybod bod y dyn mawr ar fin rhoi un o'i ddyfeisiau gwych arall i'r byd. Yr un ddiwethaf oedd Tynnwr Corcyn Llaw Chwith Gilligrass oedd wedi cael ei groesawu'n frwd gan bobl law chwith ledled y genedl fel un o fendithion mwyaf y ganrif.

'Dyna chi!' meddai'r Arlywydd, gan ddal y papur i fyny. 'Dyma Drap Pryfed Gilligrass!' Tyrrodd pawb o'i gwmpas i'w weld.

'Mae'r pryfyn yn dringo'r ysgol ar yr ochr chwith,' meddai'r Arlywydd. 'Mae e'n cerdded ar hyd y planc. Mae e'n aros. Mae e'n ffroeni. Mae e'n arogli rhywbeth da. Mae e'n syllu dros yr ymyl ac yn gweld y lwmp siwgr. "Ha!" gwaedda. "Siwgr!" Mae e ar fin dringo i lawr y llinyn i'w gyrraedd pan fydd yn gweld y bowlen o ddŵr oddi tano. "Ho-ho!" meddai. "Trap yw e! Maen nhw eisiau i mi syrthio i mewn iddo!" Felly mae e'n dal ati i gerdded, gan feddwl pa mor glyfar yw e. Ond fel y gwelwch chi, dwi heb dynnu llun un o'r ffyn yn yr ysgol y mae e'n ei defnyddio i ddringo i lawr, felly mae e'n cwympo ac yn torri ei wddf.'

'Rhyfeddol, Mr Arlywydd!' ebychodd pawb. 'Gwych! Athrylithgar!'

'Dwi eisiau archebu can mil ohonyn nhw i'r Fyddin ar unwaith,' meddai Pennaeth y Fyddin.

'Diolch,' meddai'r Arlywydd, gan nodi'r archeb yn ofalus.

'Dwi'n ailadrodd,' meddai llais Shuckworth yn wyllt dros yr uchelseinydd. 'Maen nhw wedi mynd i mewn ac wedi mynd â'r bom gyda nhw!'

'Cadwch draw oddi wrthyn nhw, Shuckworth,' gorchmynnodd yr Arlywydd. 'Does dim pwynt i'ch bechgyn chi gael eu chwythu i fyny hefyd.'

Ac yn awr, dros y byd i gyd, arhosodd y miliynau o wylwyr hyd yn oed yn fwy ar bigau'r drain o flaen eu setiau teledu. Roedd y llun ar eu sgriniau, mewn lliw llachar, yn dangos y blwch gwydr bach sinistr wedi'i gysylltu'n ddiogel â gwaelod y Gwesty Gofod enfawr. Roedd e'n edrych fel rhyw anifail bach yn cydio'n dynn wrth ei fam. A phan chwyddodd y camera'r llun, roedd hi'n amlwg i bawb fod y blwch gwydr yn hollol wag. Roedd pob un o'r wyth dihiryn wedi dringo i mewn i'r Gwesty Gofod ac wedi mynd â'u bom gyda nhw.

5

Dynion o Blaned Mawrth

Doedd dim angen hofran y tu mewn i'r Gwesty Gofod. Roedd y peiriant creu disgyrchiant yn atal hynny. Felly, ar ôl glanio'n llwyddiannus, roedd Mr Wonka, Charlie, Tad-cu Joe a Mr a Mrs Bucket yn gallu cerdded allan o'r Esgynnydd Mawr Gwydr i mewn i gyntedd y Gwesty. O ran Tad-cu George, Mam-gu Georgina a Mam-gu Josephine, doedd dim un ohonyn nhw wedi rhoi eu traed ar y ddaear am dros ugain mlynedd ac yn sicr doedden nhw ddim yn mynd i newid eu harferion nawr. Felly pan ddaeth yr hofran i ben, aeth pob un o'r tri'n ôl yn syth i'r gwely a mynnu bod y gwely, a nhwythau ynddo, yn cael ei wthio i mewn i'r Gwesty Gofod.

Edrychodd Charlie o gwmpas y cyntedd anferth. Ar y llawr roedd carped gwyrdd trwchus. Roedd ugain o siandelïers enfawr yn hongian yn ddisglair o'r nenfwd. Roedd y waliau'n llawn o ddarluniau gwerthfawr ac roedd cadeiriau esmwyth mawr meddal dros y lle i gyd. Ym mhen pella'r ystafell roedd drysau pum lifft. Syllodd y criw mewn tawelwch ar yr holl foethusrwydd hwn. Doedd neb yn mentro siarad. Roedd Mr Wonka wedi'u rhybuddio y byddai pob gair y bydden nhw'n ei ddweud yn cael ei godi gan y

Rheolaeth o'r Ddaear yn Houston, felly roedd hi'n well iddyn nhw fod yn ofalus. Roedd sŵn hymian tawel yn dod o rywle o dan y llawr, ond roedd hynny'n gwneud i'r tawelwch fod yn fwy annaearol. Daliodd Charlie yn llaw Tad-cu Joe a'i chydio'n dynn. Doedd e ddim yn siŵr a oedd e'n hoffi hyn. Roedden nhw wedi torri i mewn i'r peiriant mwyaf a adeiladodd dyn erioed, eiddo Llywodraeth yr Unol Daleithiau, ac os bydden nhw'n cael eu darganfod a'u dal, fel yr hyn oedd yn siŵr o ddigwydd yn y diwedd, beth fyddai'n digwydd iddyn nhw wedyn? Carchar am oes? Ie, neu rywbeth gwaeth.

Roedd Mr Wonka'n ysgrifennu ar lyfr nodiadau bach. Daliodd y llyfr nodiadau i fyny. Arno roedd y geiriau: OES CHWANT BWYD AR UNRHYW UN?

Dechreuodd y tri hen berson yn y gwely chwifio'u breichiau a nodio ac agor a chau eu cegau. Trodd Mr Wonka y papur drosodd. Ar yr ochr arall roedd y geiriau: MAE CEGINAU'R GWESTY HWN YN LLAWN DOP O FWYD BLASUS, CIMYCHIAID, STÊCS, HUFEN IÂ. FE GAWN NI WLEDD I'W CHOFIO.

Yn sydyn, atseiniodd llais mawr allan o uchel-seinydd oedd wedi'i guddio yn rhywle yn yr ystafell. '*A GAF I EICH SYLW!*' meddai'r llais yn uchel a neidiodd Charlie. Neidiodd Tad-cu Joe hefyd. Neidiodd pawb, hyd yn oed Mr Wonka. 'A GAF I EICH SYLW, YR WYTH GOFODWR ESTRON! Y RHEOLAETH O'R DDAEAR YN HOUSTON, TEXAS, UDA, SY'N SIARAD! RYDYCH CHI'N TRESMASU AR EIDDO AMERICA! DYMA

ORCHYMYN I CHI DDWEUD PWY YDYCH CHI AR UNWAITH! SIARADWCH NAWR!'

'Hisht!' sibrydodd Mr Wonka, â'i fys ar ei wefusau.

Wedyn bu tawelwch llethol am rai eiliadau. Symudodd neb heblaw am Mr Wonka oedd yn dweud 'Hisht! Hisht!' o hyd.

'PWY . . . YDYCH . . . CHI?' atseiniodd y llais o Houston, a'r byd i gyd yn ei glywed. 'DWI'N AILADRODD . . . PWY . . . YDYCH . . . CHI?' gwaeddodd y llais cas, taer, a dyma bum can miliwn o bobl yn cyrcydu o flaen eu setiau teledu gan ddisgwyl am ateb oddi wrth y dieithriaid rhyfedd y tu mewn i'r Gwesty Gofod. Doedd y teledu ddim yn gallu dangos llun o'r dieithriaid rhyfedd hyn. Doedd dim camera yno i recordio'r olygfa. Dim ond y geiriau oedd yn dod drwodd. Doedd y gwylwyr teledu ddim yn gweld dim byd ond y tu allan i'r gwesty enfawr oedd yn troi o gwmpas y ddaear, a Shuckworth, Shanks a Showler yn tynnu ei lun, wrth gwrs, wrth iddyn nhw ei ddilyn. Am hanner munud, arhosodd y byd am ateb.

Ond ddaeth 'na'r un ateb.

'SIARADWCH!' atseiniodd y llais, gan fynd yn gryfach ac yn gryfach ac yn y diwedd roedd e'n gweiddi nes siglo drymiau clustiau Charlie. *'SIARADWCH! SIARADWCH! SIARADWCH!'* Saethodd Mam-gu Georgina o dan y cynfas. Gwthiodd Mam-gu Josephine ei bysedd yn ei chlustiau. Cuddiodd Tad-cu George ei ben yn y glustog. Roedd Mr a Mrs Bucket, y ddau'n ofnus tu hwnt, yn cofleidio'i gilydd unwaith eto. Roedd Charlie'n cydio yn llaw Tad-cu Joe, ac roedd y ddau ohonyn nhw'n syllu ar Mr Wonka ac yn ymbil arno â'u llygaid i wneud rhywbeth. Safai Mr Wonka'n stond, ac er bod ei wyneb yn edrych yn dawel iawn, fe elli di fod yn eithaf siŵr fod ei ymennydd dyfeisgar clyfar yn troi fel dynamo.

'DYMA EICH CYFLE OLAF!' atseiniodd y llais. 'RYDYN NI'N GOFYN I CHI UNWAITH ETO . . . *PWY . . . YDYCH . . . CHI?* ATEBWCH AR UNWAITH! OS NA ATEBWCH CHI BYDD YN RHAID I NI EICH YSTYRIED CHI'N ELYNION PERYGLUS. WEDYN BYDDWN NI'N GWASGU'R SWITSH RHEWI MEWN ARGYFWNG A BYDD Y TYMHEREDD YN DISGYN I GAN GRADD O DAN Y RHEWBWYNT. BYDDWCH CHI'N CAEL EICH RHEWI AR UNWAITH. MAE PYMTHEG EILIAD GENNYCH CHI I SIARAD. WEDI HYNNY BYDDWCH CHI'N TROI'N BIBONWY . . . UN . . . DWY . . . TAIR . . .'

'Tad-cu!' sibrydodd Charlie wrth i'r cyfrif fynd yn ei flaen, 'mae'n *rhaid* i ni wneud rhywbeth! Mae'n *rhaid* i ni! Glou!'

'CHWECH!' meddai'r llais. 'SAITH! . . . WYTH! . . . NAW! . . .'

Doedd Mr Wonka ddim wedi symud. Roedd e'n dal yn syllu'n syth ymlaen, yn hollol dawel o hyd, heb ddangos dim ar ei wyneb. Roedd Charlie a Tad-cu Joe yn syllu arno mewn arswyd. Yna, ar unwaith, gwelson nhw grychau bach yn ymddangos o gylch ymylon ei lygaid wrth iddo wenu. Bywiocaodd i gyd. Trodd ar flaenau ei draed a hercian cam neu ddau

ar draws y llawr, ac yna, mewn rhyw fath o sgrech wyllt, annaearol, gwaeddodd, *'FFIMBO FÊS!'*

Stopiodd yr uchelseinydd y cyfrif. Bu tawelwch. Dros y byd i gyd, bu tawelwch.

Roedd llygaid Charlie wedi'u hoelio ar Mr Wonka. Roedd e'n mynd i siarad eto. Roedd e'n tynnu anadl ddofn. *'BWNGO BWNI!'* sgrechiodd. Rhoddodd gymaint o nerth yn ei lais fel bod yr ymdrech yn ei godi ar flaenau ei draed.

> *'BWNGO BWNI*
> *DAFFW DWNI*
> *CHISY'N DWPI!'*

Tawelwch unwaith eto.

Y tro nesaf y siaradodd Mr Wonka, daeth y geiriau allan mor chwim a main ac uchel, roedden nhw fel bwledi o beiriant-saethu. 'SONC-SONC-SONC-SONC-SONC!' cyfarthodd. Atseiniodd y sŵn sawl gwaith o gwmpas cyntedd y Gwesty Gofod. Atseiniodd o gwmpas y byd.

Fe drodd Mr Wonka nawr a wynebu pen pellaf y cyntedd lle roedd llais yr uchelseinydd wedi dod. Cerddodd gam neu ddau ymlaen fel y byddai dyn, efallai, a fyddai eisiau sgwrs fwy personol â'i gynulleidfa yn ei wneud. A'r tro hwn, roedd y dôn yn llawer tawelach, daeth y geiriau'n arafach, ond roedd pob sillaf yn hollol gadarn:

> 'CIRASWCI MALIBWCW,
> NISY'N GALL A CHISY'N DDWLW!
>
> ALIPENDA CACAMENDAR,
> PANTSY'N CWYM POHEB SYSBENDAR!
>
> FWICICA CANDERICA,
> NISY'N GRYF A CHISY WANNA!

POPOCOTO BORWMOCO
RHI BER YGLIS YW'N PROFOCIO!

CATICATI LLEU ADSÊR
FFANFFANISHA MAWRTH A GWENER!

Oedodd Mr Wonka'n ddramatig am rai eiliadau.
Yna tynnodd anadl ddofn eithriadol ac mewn llais
gwyllt, dychrynllyd, bloeddiodd:

'CITIMBIBI *SONC*!
FFWMBOLESI *SONC*!
GWGWMISA *SONC*!
FFWMICACA *SONC*!
ANAPOLALA *SONC SONC SONC*!'

Cafodd hyn i gyd effaith drydanol ar y byd islaw.
Yn yr Ystafell Reoli yn Houston, yn y Tŷ Gwyn yn
Washington, mewn plasau ac adeiladau dinasoedd
a chytiau mynydd o America i Tsieina i Beriw,
dyma'r pum can miliwn o bobl a glywodd y llais
gwyllt, dychrynllyd hwnnw'n bloeddio'r geiriau
rhyfedd, cyfrin hyn yn crynu mewn ofn o flaen eu
setiau teledu. Dechreuodd pawb droi at bawb arall
a dweud, 'Pwy ydyn nhw? Pa iaith oedd honna? O
ble maen nhw'n dod?'

Yn stydi'r Arlywydd yn y Tŷ Gwyn, roedd Is-
Arlywydd Tibbs, aelodau'r Cabinet, Penaethiaid y
Fyddin a'r Llynges a'r Llu Awyr, y llyncwr cleddyfau
o Afghanistan, y Prif Gynghorydd Ariannol a Mrs
Taubsypuss y gath yn sefyll yn stond i gyd, a phob

un ar bigau'r drain. Roedden nhw'n ofnus iawn. Ond cadwodd yr Arlywydd ei bwyll, a'i ymennydd yn glir. 'Nani!' gwaeddodd. 'O, Nani, beth ar y ddaear wnawn ni nawr?'

'Fe af i i nôl gwydraid o laeth cynnes braf i ti,' meddai Miss Tibbs.

'Dwi'n casáu'r stwff,' meddai'r Arlywydd. 'Plis peidiwch â 'ngorfodi i i'w yfed!'

'Galwch am y Prif Gyfieithydd,' meddai Miss Tibbs.

'Galwch am y Prif Gyfieithydd!' meddai'r Arlywydd. 'Ble mae e?'

'Yma, Mr Arlywydd,' meddai'r Prif Gyfieithydd.

'Pa iaith roedd y creadur yna'n ei siarad yn y Gwesty Gofod? Brysia! Ai Esgimöeg oedd hi?'

'Nid Esgimöeg, Mr Arlywydd.'

'Ha! Felly Tagalog oedd hi! Naill ai Tagalog neu Wgro!'

'Nid Tagalog, Mr Arlywydd. Nid Wgro, chwaith.'

'Ai Twlw oedd hi, 'te? Neu Twngws neu Twpi?'

'Nid Twlw yn bendant, Mr Arlywydd. A dwi'n eithaf siŵr nad Twngws neu Twpi oedd hi.'

'Paid â sefyll fan 'na'n dweud wrtho fe pa iaith *nad* oedd hi, y twpsyn!' meddai Miss Tibbs. 'Dwed wrtho fe pa iaith *oedd* hi!'

'O'r gorau, madam, Miss Is-Arlywydd, madam,' meddai'r Prif Gyfieithydd, gan ddechrau crynu. 'Credwch fi, Mr Arlywydd,' aeth yn ei flaen, 'doedd hi ddim yn iaith dwi wedi'i chlywed hi o'r blaen.'

'Ond ro'n i'n meddwl eich bod chi'n gallu siarad pob iaith yn y byd?'

'Ydw, Mr Arlywydd.'

'Peidiwch â dweud celwydd wrtha i, Brif Gyfieithydd. Sut yn y byd gallwch chi siarad pob iaith yn y byd pan nad ydych chi'n adnabod hon?'

'Nid iaith o'r byd hwn yw hi, Mr Arlywydd.'

'Dwli, ddyn!' cyfarthodd Miss Tibbs. 'Fe ddeellais i beth ohoni fy hunan!'

'Mae'r bobl hyn, Madam Is-Arlywydd, yn amlwg wedi ceisio dysgu rhai o'n geiriau hawsaf ni, ond mae'r gweddill ohoni'n iaith nad yw wedi cael ei chlywed erioed o'r blaen ar y ddaear hon!'

'Gwahaddod gwyllt!' gwaeddodd yr Arlywydd. 'Ydych chi'n ceisio dweud wrtha i y gallen nhw fod yn dod o . . . o . . . o *rywle arall*?'

'Yn union, Mr Arlywydd.'

'Ble yn union?' meddai'r Arlywydd.

'Pwy a ŵyr?' meddai'r Prif Gyfieithydd. 'Ond sylwoch chi ddim, Mr Arlywydd, sut defnyddion nhw'r geiriau Gwener a Mawrth?'

'Wrth gwrs i mi sylwi,' meddai'r Arlywydd. 'Ond beth sydd a wnelo hynny â'r peth? . . . A-ha! Dwi'n gweld beth ry'ch chi'n 'i feddwl! Brensiach annwyl! Dynion o'r blaned Mawrth!'

'A Gwener,' meddai'r Prif Gyfieithydd.

'Gallai hynny,' meddai'r Arlywydd, 'greu tipyn o helynt.'

'Fe ddwedwn i hynny!' meddai'r Prif Gyfieithydd.

'Doedd e ddim yn siarad â ti,' meddai Miss Tibbs.

'Beth wnawn ni nawr, Gadfridog?' meddai'r Arlywydd.

'Eu chwythu nhw i fyny!' gwaeddodd y Cadfridog.

'Ry'ch chi eisiau chwythu pethau i fyny o hyd,' meddai'r Arlywydd yn grac. 'Allwch chi ddim meddwl am rywbeth *arall*?'

'Dwi'n hoffi chwythu pethau i fyny,' meddai'r Cadfridog. 'Mae'n gwneud y fath sŵn hyfryd. *Wwwmff-wwwmff!*'

'Paid â bod yn ffŵl,' meddai Miss Tibbs. 'Os chwythi di'r bobl yma i fyny, bydd y blaned Mawrth yn mynd i ryfel â ni. A Gwener hefyd!'

'Eitha reit, Nani,' meddai'r Arlywydd. 'Fe fydden ni'n cael ein tyrcylu fel tyrcwn – pob un ohonon ni! Fe fydden ni'n cael ein bwtsio fel tatws!'

'Fe ymladda i â nhw!' gwaeddodd Pennaeth y Fyddin.

'Cau dy hen geg!' meddai Miss Tibbs yn swta. 'Rwyt ti newydd golli dy swydd!'

'Hwrê!' meddai'r holl gadfridogion eraill. 'Da iawn, Madam Is-Arlywydd!'

Meddai Miss Tibbs, 'Mae'n *rhaid* i ni drin y bobl hyn yn ofalus. Roedd yr un siaradodd nawr yn swnio'n hynod o grac. Mae'n rhaid i ni fod yn gwrtais wrthyn nhw, eu seboni nhw, eu gwneud nhw'n hapus. Y peth olaf rydyn ni ei eisiau yw cael ein goresgyn gan ddynion o'r blaned Mawrth! Mae'n rhaid i ti siarad â nhw, Mr Arlywydd. Dwed wrth Houston ein bod ni eisiau cael cysylltiad radio uniongyrchol arall â'r Gwesty Gofod. A brysia!'

6

Gwahoddiad i'r Tŷ Gwyn

'Fe fydd Arlywydd yr Unol Daleithiau'n eich annerch chi nawr!' cyhoeddodd llais yr uchelseinydd yng nghyntedd y Gwesty Gofod.

Daeth pen Mam-gu Georgina i'r golwg yn ara' deg o dan y cynfasau. Tynnodd Mam-gu Josephine ei bysedd allan o'i chlustiau a chododd Tad-cu George ei ben o'r glustog.

'Felly mae e'n mynd i siarad â ni go iawn?' sibrydodd Charlie.

'Hisht!' meddai Mr Wonka. 'Gwranda!'

'Annwyl ffrindiau!' meddai'r llais Arlywyddol adnabyddus dros yr uchelseinydd. 'Annwyl, *annwyl* ffrindiau! Croeso i Westy Gofod "UDA." Cyfarchion i'r gofodwyr dewr o'r blaned Mawrth a Gwener . . .'

'Mawrth a Gwener!' sibrydodd Charlie. 'Felly mae e'n meddwl ein bod ni'n dod o . . .'

'Hisht-hisht-hisht!' meddai Mr Wonka. Roedd e yn ei ddyblau'n chwerthin yn dawel, yn ysgwyd drosto i gyd ac yn hercian o'r naill droed i'r llall.

'Rydych chi wedi dod yn bell,' aeth yr Arlywydd yn ei flaen, 'felly pam na ddowch chi ychydig bach yn bellach a dod i ymweld â *ni* i lawr fan hyn ar ein Daear fach ni? Dwi'n gwahodd pob un o'r wyth

ohonoch chi i ddod i aros gyda fi yma yn Washing-
ton fel fy ngwesteion anrhydeddus. Gallech chi
lanio eich peiriant-awyr gwydr rhyfeddol ar y lawnt
yng nghefn y Tŷ Gwyn. Fe fydd y carped coch allan
yn barod gyda ni. Dwi'n gobeithio'n wir eich bod
chi'n gwybod digon o'n hiaith ni i allu fy neall i. Fe
fydda i'n aros yn eiddgar iawn am eich ateb . . .'

Daeth sŵn clic ac aeth yr Arlywydd oddi ar yr awyr.

'Dyna beth rhyfeddol!' sibrydodd Tad-cu Joe.
'Y Tŷ Gwyn, Charlie! Rydyn ni'n cael ein gwahodd
i'r Tŷ Gwyn fel gwesteion anrhydeddus!'

Daliodd Charlie yn nwylo Tad-cu Joe a dechreu-
odd y ddau ohonyn nhw ddawnsio rownd a rownd y
cyntedd yn y gwesty. Aeth Mr Wonka draw i eistedd

59

ar y gwely, yn dal i ysgwyd gan chwerthin, ac amneidiodd ar bawb i gasglu'n agos o'i gwmpas fel y gallen nhw sibrwd heb gael eu clywed gan y meicroffonau cudd.

'Maen nhw'n ofnus dros ben,' sibrydodd. 'Phoenan nhw mohonon ni nawr. Felly beth am gael y wledd roedden ni'n sôn amdani ac wedyn gallwn ni fynd o gwmpas y gwesty.'

'Dydyn ni ddim yn mynd i'r Tŷ Gwyn?' sibrydodd Mam-gu Josephine. 'Dwi eisiau mynd i'r Tŷ Gwyn ac aros gyda'r Arlywydd.'

'Fy hen wylan wirion,' meddai Mr Wonka. 'Ry'ch chi'n edrych yr un mor debyg i ddyn o'r blaned Mawrth â phycsen! Fe fydden nhw'n gwybod ar unwaith eu bod nhw wedi cael eu twyllo. Fe fydden ni'n cael ein harestio cyn i ni allu gofyn sut rydych chi.'

Roedd Mr Wonka'n iawn. Allen nhw ddim derbyn gwahoddiad yr Arlywydd ac roedd pawb yn gwybod hynny.

'Ond mae'n rhaid i ni ddweud *rhywbeth* wrtho fe,' sibrydodd Charlie. 'Mae'n rhaid ei fod e'n eistedd i lawr fan 'na yn y Tŷ Gwyn yr eiliad hon yn disgwyl am ateb.'

'Gwnewch esgus,' meddai Mr Bucket.

'Dwedwch wrtho fe ein bod ni'n rhy brysur,' meddai Mrs Bucket.

'Ry'ch chi'n iawn,' sibrydodd Mr Wonka. 'Peth anghwrtais yw anwybyddu gwahoddiad.' Cododd ar ei draed a cherdded cam neu ddau oddi wrth y criw. Arhosodd yn hollol stond am rai eiliadau, gan

hel ei feddyliau. Yna unwaith eto gwelodd Charlie
grychau bach yn ymddangos o gylch ymylon ei
lygaid wrth iddo wenu, a phan ddechreuodd siarad,
roedd ei lais y tro hwn fel llais cawr, yn ddwfn ac yn
ddieflig, yn uchel ac yn araf iawn:

> *'Yn y gors sy'n wlyb a soeglyd,*
> *Yn y tir sy'n llaith a llwyd,*
> *Adeg awr tywyllwch gwrachaidd,*
> *Daw'r holl grobwyr adre'n ôl.*

> *Mae eu llysnafeddu llithrig*
> *Yno'n suo dros y slybrwch,*
> *A'r holl gyrff olewog seimllyd*
> *Yn llifo ymlaen dros fryn a dôl.*

> *Felly rhedwch! Brysiwch! Rhuthrwch!*
> *Drwy'r holl slybrwch slwsiwch, sïwch!*
> *Herciwch, neidiwch a llamsachwch!*
> *Mae'r holl grobwyr ar eich ôl!*

Yn ei stydi ddau gant a phedwar deg mil o filltir-
oedd islaw, trodd yr Arlywydd mor wyn â'r Tŷ Gwyn.
'Iesgyrn Dafydd!' gwaeddodd. 'Dwi'n credu eu bod
nhw'n dod ar ein holau ni!'

'O, *plis* gaf i eu chwythu nhw i fyny!' meddai Cyn-
Bennaeth y Fyddin.

'Tawelwch!' meddai Miss Tibbs. 'Cer i sefyll yn y
gornel.'

Yng nghyntedd y Gwesty Gofod, dim ond oedi a
wnaeth Mr Wonka er mwyn meddwl am bennill

arall, ac roedd e ar fin dechrau arni eto pan gafodd ei atal gan sgrech fain ddychrynllyd. Mam-gu Josephine oedd yn sgrechian. Roedd hi wedi codi ar ei heistedd yn y gwely ac yn pwyntio â bys crynedig at y lifftiau ym mhen pellaf y cyntedd. Sgrechiodd am yr eildro, gan bwyntio o hyd, a throdd llygaid pawb tuag at y lifftiau. Roedd drws yr un ar y chwith yn llithro'n araf ar agor a gallai'r gwylwyr weld yn eglur fod rhywbeth . . . rhywbeth trwchus . . . rhywbeth brown . . . rhywbeth nad oedd yn hollol frown, ond yn wyrddfrown . . . rhywbeth â chroen llysnafcddog a llygaid mawr . . . yn ei gwrcwd yn y lifft!

7

Rhywbeth Cas yn y Lifftiau

Roedd Mam-gu Josephine wedi rhoi'r gorau i sgrechian nawr. Roedd hi wedi fferru gan sioc. Roedd gweddill y criw wrth y gwely, gan gynnwys Charlie a Tad-cu Joe, yn sefyll yn stond. Doedden nhw ddim yn mentro symud. Doedden nhw ddim yn mentro anadlu, bron. Ac roedd Mr Wonka, oedd wedi troi o gwmpas yn gyflym pan ddaeth y sgrech gyntaf, mor syfrdan â'r lleill. Safodd yn llonydd, gan syllu ychydig yn gegrwth ar y peth yn y lifft, a'i lygaid yn fawr fel dwy olwyn. Dyma beth welodd e, a phawb arall:

Roedd e'n edrych yn fwy tebyg na dim i wy enfawr oedd yn sefyll ar ei ben pigfain. Roedd e mor dal â bachgen mawr ac yn lletach na'r dyn tewaf. Roedd y croen gwyrddfrown yn edrych yn sgleiniog ac yn llaith ac roedd crychau ynddo. Tua thri chwarter y ffordd i fyny, yn y man lletaf, roedd dau lygad mawr crwn oedd mor fawr â chwpanau te. Roedd y llygaid yn wyn, ond roedd gan bob un gannwyll goch llachar yn y canol. Roedd y canhwyllau'n syllu ar Mr Wonka. Ond nawr dechreuon nhw symud yn araf i syllu ar Charlie a Tad-cu Joe a'r lleill yn y gwely, gan aros arnyn nhw a syllu arnyn

nhw'n oeraidd a chas. Dim ond y llygaid oedd i'w gweld. Doedd dim byd arall, dim trwyn na cheg na chlustiau, ond roedd y corff siâp wy cyfan ei hunan yn symud ychydig bach bach, yn curo ac yn bochio'n dyner yma a thraw fel petai'r croen wedi'i lenwi â rhyw hylif trwchus.

Ar hynny, sylwodd Charlie'n sydyn fod y lifft nesaf yn dod i lawr. Roedd y rhifau uwchben y drws yn fflachio . . . 6 . . . 5 . . . 4 . . . 3 . . . 2 . . . 1 . . . C (am cyntedd). Yna, saib bychan. Llithrodd y drws ar agor ac yno, y tu mewn i'r ail lifft, roedd wy gwyrddfrown crychlyd llysnafeddog arall â llygaid!

Nawr roedd y rhifau'n fflachio uwchben y tri lifft arall. I lawr â nhw . . . i lawr . . . i lawr . . . i lawr . . . A chyn hir, yn union ar yr un pryd, cyrhaeddon nhw'r cyntedd a llithrodd y drysau ar agor . . . pum drws ar agor nawr . . . un creadur ym mhob un . . . pump i gyd . . . a phum pâr o lygaid a chanhwyllau coch llachar i gyd yn gwylio Mr Wonka ac yn gwylio Charlie a Tad-cu Joe a'r lleill.

Roedd ambell wahaniaeth bach o ran maint a siâp y pump, ond roedd ganddyn nhw i gyd yr un croen crychlyd gwyrddfrown ac roedd y croen yn tonni ac yn curo.

Am ryw dri deg eiliad ddigwyddodd dim byd. Symudodd neb, wnaeth neb sŵn. Roedd y tawelwch yn ofnadwy. A'r pryder. Roedd Charlie mor ofnus fel y teimlai ei hunan yn crebachu y tu mewn i'w groen. Wedyn gwelodd y creadur yn y lifft ar y chwith yn dechrau newid ei siâp yn sydyn! Roedd ei gorff yn araf fynd yn hirach ac yn hirach, ac yn deneuach ac yn deneuach, yn codi a chodi tuag at do'r lifft, nid yn syth i fyny, ond yn troi ychydig i'r chwith, gan ffurfio bwa fel neidr oedd yn syndod o osgeiddig, i fyny i'r chwith ac yna'n cyrlio dros y top i'r dde ac yn dod i lawr eto mewn hanner cylch . . . ac yna dechreuodd y rhan waelod dyfu tuag at allan hefyd, fel cynffon . . . yn cripian ar hyd y llawr . . . yn cripian ar hyd y llawr i'r chwith . . . nes o'r diwedd roedd y creadur, oedd wedi edrych fel wy enfawr yn wreiddiol, bellach yn edrych fel sarff hir luniaidd yn sefyll ar ei chynffon.

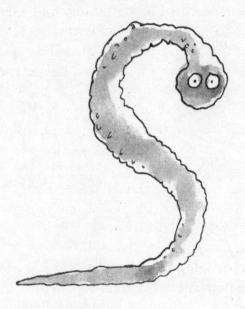

Yna dechreuodd yr un yn y lifft nesaf ymestyn ei hun mewn ffordd debyg iawn, a dyna beth rhyfedd a llysnafeddog oedd e i'w wylio! Roedd e'n troi ei hun yn siâp a oedd ychydig yn wahanol i'r un cyntaf, gan gydbwyso ei hunan bron, ond ddim yn hollol, ar flaen ei gynffon.

Yna dechreuodd y tri chreadur arall symud ar yr un pryd, a phob un yn ymestyn yn araf tuag at i fyny, gan fynd yn dalach ac yn dalach, yn deneuach ac yn deneuach, gan droi a throsi, ymestyn ac ymestyn, cyrlio a phlygu, gan sefyll naill ai ar y gynffon neu'r pen neu'r ddau, ac roedden nhw wedi troi ar eu hochr nawr fel mai dim ond un llygad oedd yn y golwg. Pan oedden nhw wedi stopio ymestyn a phlygu, dyma sut roedden nhw'n edrych:

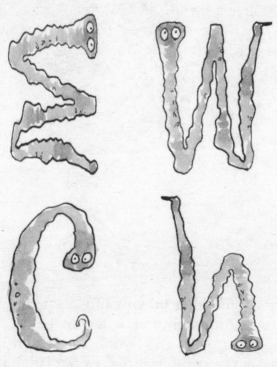

'Ewch!' gwaeddodd Mr Wonka. 'Ewch allan ar unwaith!'

Does neb erioed wedi symud yn gynt na Tad-cu Joe a Charlie a Mr a Mrs Bucket yr eiliad honno. Aethon nhw i gyd y tu ôl i'r gwely a dechrau gwthio fel y cythraul. Rhedodd Mr Wonka o'u blaenau nhw dan weiddi 'Ewch! Ewch! Ewch!' ac mewn cwta ddeg eiliad roedden nhw i gyd allan o'r cyntedd ac yn ôl y tu mewn i'r Esgynnydd Mawr Gwydr. Dechreuodd Mr Wonka ddatgloi bolltau a gwasgu botymau'n wyllt. Caeodd drws yr Esgynnydd Mawr Gwydr yn glep a neidiodd yr holl beth i'r ochr. Roedden nhw'n mynd! Ac wrth gwrs, dyma bob un ohonyn nhw, gan gynnwys y tri hen berson yn y gwely, yn hofran i fyny i'r awyr unwaith eto.

8

Y Cnedwyr Mileinig

'O, brensiach annwyl!' ebychodd Mr Wonka. 'O, ar f'enaid i! O, ar f'encos! O, ar fy nghocos i! Dwi'n gobeithio na welaf i unrhyw beth fel *'na* byth eto!' Hofranodd draw at y botwm gwyn a'i wasgu. Taniodd y rocedi hybu. Saethodd yr Esgynnydd ymlaen ar y fath gyflymder nes bod y Gwesty Gofod o'r golwg ymhell y tu ôl iddyn nhw mewn dim o dro.

'Ond pwy *oedd* y creaduriaid ofnadwy yna?' gofynnodd Charlie.

'Felly doeddet ti ddim yn *gwybod*?' gwaeddodd Mr Wonka. 'Wel, mae'n beth da nad oeddet ti! Petai gen ti'r syniad lleiaf am y pethau dychrynllyd fyddai'n dy wynebu di, fe fyddai'r mêr wedi llifo o'th esgyrn di! Fe fyddet ti wedi fferru gan ofn a'th ludio wrth y ddaear! Wedyn fe fydden nhw wedi dy gael di! Fe fyddet ti wedi bod yn datws stwnsh! Fe fyddet ti wedi cael dy dorri'n fil o ddarnau mân, wedi dy falu fel caws a'th goginio'n fyw! Fe fydden nhw wedi gwneud cadwyni o'th figyrnau di a breichledau o'th ddannedd di! Oherwydd y creaduriaid yna, fy machgen annwyl anwybodus, yw'r bwystfilod mwyaf creulon, dialgar, gwenwynig a mileinig yn yr holl fydysawd!' Ar hynny, oedodd Mr Wonka a rhedeg blaen tafod pinc ar hyd ei wefusau i gyd.

'CNEDWYR MILEINIG!' gwaeddodd. 'Dyna oedden nhw!' Ynganodd y C . . . C'NEDWYR, fel yna.

'Ro'n i'n meddwl mai grobwyr oedden nhw,' meddai Charlie. 'Y grobwyr llysnafeddog roeddech chi'n sôn wrth yr Arlywydd amdanyn nhw.'

'O, na, dim ond ffugio'r rheina wnes i, i godi ofn ar y Tŷ Gwyn,' atebodd Mr Wonka. 'Ond does dim byd wedi'i ffugio am y Cnedwyr Mileinig, cred ti fi. Maen nhw'n byw, fel mae pawb yn gwybod, ar y blaned Fermes, sydd un deg wyth mil pedwar cant a dau ddeg saith miliwn o filltiroedd i ffwrdd ac maen nhw'n fwystfilod clyfar dros ben. Mae'r Cned Mileinig yn gallu troi ei hunan yn unrhyw siâp mae e eisiau. Does dim esgyrn ganddo. Mewn gwirionedd un cyhyr mawr yw ei gorff, sy'n anhygoel o gryf, ond yn gallu ymestyn ac yn feddal i gyd, fel cymysgedd o rwber a phwti â gwifrau dur ynddo fe. Fel arfer, siâp wy sydd iddo fe, ond mae'r un mor hawdd iddo roi dwy goes i'w hunan fel person neu bedair coes fel ceffyl. Mae'n gallu mynd mor grwn â phêl neu'n hir fel llinyn barcud. O hanner canllath i ffwrdd, gallai Cned Mileinig ymestyn ei wddf a chnoi dy ben i ffwrdd heb sefyll hyd yn oed!'

'Cnoi dy ben i ffwrdd â beth?' meddai Mam-gu Georgina. 'Welais i ddim ceg.'

'Mae ganddyn nhw bethau eraill er mwyn cnoi,' meddai Mr Wonka ag arswyd yn ei lais.

'Fel beth?' meddai Mam-gu Georgina.

'Dyna ddigon,' meddai Mr Wonka. 'Mae eich amser chi ar ben. Ond gwrandewch, bawb. Dwi

71

newydd gael syniad doniol. Dyna lle roeddwn i'n chwarae o gwmpas gyda'r Arlywydd ac yn esgus mai creaduriaid o ryw blaned arall oedden ni a, bobol bach, *roedd* creaduriaid o ryw blaned arall yn y gwesty, go iawn!'

'Ydych chi'n meddwl bod llawer ohonyn nhw?' gofynnodd Charlie. 'Mwy na'r pump welson ni?'

'Miloedd!' meddai Mr Wonka. 'Mae pum can ystafell yn y Gwesty Gofod yna ac mae'n debyg fod teulu ohonyn nhw ym mhob ystafell!'

'Mae rhywun yn mynd i gael sioc gas pan fyddan nhw'n mynd i'r gwesty!' meddai Tad-cu Joe.

'Fe gân nhw eu bwyta fel cnau mwnci,' meddai Mr Wonka. 'Pob un ohonyn nhw.'

'Dydych chi ddim wir yn golygu hynny, ydych chi, Mr Wonka?' meddai Charlie.

'Wrth gwrs fy mod i,' meddai Mr Wonka. 'Y Cnedwyr Mileinig yma yw cnafon y Bydysawd. Maen nhw'n teithio drwy'r gofod yn heidiau mawr, gan lanio ar sêr a phlanedau eraill ac yn dinistrio popeth welan nhw. Roedd creaduriaid eithaf neis yn arfer byw ar y lleuad amser maith yn ôl. Pŵsas oedd eu henwau nhw. Ond bwytaodd y Cnedwyr Mileinig bob un ohonyn nhw. Gwnaethon nhw'r un peth ar Gwener a Mawrth a nifer o blanedau eraill.'

'Pam nad ydyn nhw wedi dod i lawr i'n Daear ni a'n bwyta ni?' gofynnodd Charlie.

'Maen nhw wedi trio, Charlie, sawl gwaith, ond dydyn nhw erioed wedi llwyddo. Ti'n gweld, o gwmpas ein Daear ni i gyd mae haen fawr o awyr a nwy, ac mae unrhyw beth sy'n taro *honna* ar gyflymder mawr yn mynd yn eiriasgoch. Mae capsiwlau gofod wedi'u gwneud o fetel arbennig sy'n gwrthsefyll gwres, a phan fyddan nhw'n mynd yn ôl i'r Ddaear, mae eu cyflymder yn gostwng reit lawr i tua dwy fil o filltiroedd yr awr, yn gyntaf gan ôl-rocedi ac yna gan rywbeth o'r enw "ffrithiant". Ond hyd yn oed wedyn, maen nhw'n cael eu llosgi'n gas. Does dim unrhyw ôl-rocedi gan Gnedwyr, a dydyn nhw ddim yn gallu gwrthsefyll gwres o gwbl. Felly, maen nhw'n cael eu llosgi'n grimp cyn iddyn nhw ddod hanner ffordd drwodd. Wyt ti wedi gweld seren wib erioed?'

'Llawer ohonyn nhw,' meddai Charlie.

'Mewn gwirionedd, nid sêr gwib ydyn nhw o gwbl,' meddai Mr Wonka. 'Cnedwyr Gwib ydyn nhw. Cnedwyr ydyn nhw sy'n ceisio dod i mewn i atmosffer y Ddaear ar gyflymder mawr ac yn llosgi.'

'Dwli pur,' meddai Mam-gu Georgina.

'Arhoswch chi,' meddai Mr Wonka. 'Efallai y gwelwch chi'r peth yn digwydd cyn i'r diwrnod ddod i ben.'

'Ond os ydyn nhw mor ffyrnig a pheryglus,' meddai Charlie, 'pam na wnaethon nhw ein bwyta ni'n syth yn y Gwesty Gofod? Pam wastraffon nhw amser yn troi eu cyrff yn llythrennau i ysgrifennu'r gair EWCH?'

'Achos maen nhw'n hoffi dangos eu hunain,' atebodd Mr Wonka. 'Maen nhw'n anhygoel o falch eu bod nhw'n gallu ysgrifennu fel 'na.'

'Ond pam dweud *ewch* pan oedden nhw eisiau ein dal ni a'n bwyta ni?'

'Dyna'r unig air maen nhw'n ei wybod,' meddai Mr Wonka.

'*Edrychwch!*' sgrechiodd Mam-gu Josephine, gan bwyntio drwy'r gwydr. 'Draw fan 'na!'

Cyn iddo edrych hyd yn oed, gwyddai Charlie'n union beth roedd e'n mynd i'w weld. A'r lleill hefyd. Gallen nhw ddweud beth oedd yna dim ond trwy glywed y nodyn gorffwyll uchel yn llais yr hen wraig.

A dyna lle roedd e, yn teithio'n ddiymdrech wrth eu hochor, Cned Mileinig hollol anferthol, yn dew fel morfil, yn hir fel lorri, a'r olwg fwyaf creulon a mileinig yn ei lygad! Doedd e ddim pellach na dwsin o lathenni i ffwrdd, ar ffurf wy, yn llysnafeddog, yn wyrddfrown, ac roedd un llygad coch cas (yr unig un oedd yn y golwg) yn rhythu ar y bobl oedd yn hofran y tu mewn i'r Esgynnydd Mawr Gwydr!

'Mae'r diwedd wedi dod!' sgrechiodd Mam-gu Georgina.

'Fe fydd e'n ein bwyta ni i gyd!' gwaeddodd Mrs Bucket.

'Mewn un llond ceg!' meddai Mr Bucket.

'Mae hi ar ben arnon ni, Charlie,' meddai Tad-cu Joe. Nodiodd Charlie. Allai e ddim siarad na gwneud yr un sŵn. Roedd ei wddf wedi cau gan ofn.

Ond y tro hwn aeth Mr Wonka ddim i banig. Cadwodd ei bwyll yn llwyr. 'Fyddwn ni ddim yn hir yn cael gwared ar *hwnna*!' meddai, a gwasgu'r chwe botwm ar unwaith, a thaniodd y rocedi hybu i gyd ar yr un pryd o dan yr Esgynnydd. Llamodd yr Esgynnydd ymlaen fel ceffyl wedi'i bigo, yn gynt a chynt, ond llwyddodd y Cned mawr gwyrdd seimllyd i symud yr un mor gyflym wrth ei ochr heb unrhyw drafferth o gwbl.

'Ceisiwch gael gwared arno fe!' bloeddiodd Mamgu Georgina. 'Alla i mo'i ddioddef e'n edrych arna i!'

'Ddynes annwyl,' meddai Mr Wonka, 'all e byth ddod i mewn yma. Does dim gwahaniaeth gen i gyfaddef fy mod i ychydig yn ofnus 'nôl fan 'na yn y Gwesty Gofod. Ac roedd rheswm da am hynny. Ond does dim i'w ofni fan hyn. Mae'r Esgynnydd Mawr Gwydr yn gallu gwrthsefyll sioc, dŵr, bomiau, bwledi a Chnedwyr! Felly ymlaciwch a mwynhewch.'

'O Gned, rwyt ti'n gas a mileinig!'

gwaeddodd Mr Wonka.

'Rwyt ti'n seimllyd, yn soeglyd a sgwishig!
Ond does dim ots 'da ni:
'Sdim ffordd mewn yma i ti,
Felly bagla hi, a bydd yn siomedig!'

Ar hynny, trodd y Cned anferthol oedd y tu allan a dechrau teithio i ffwrdd oddi wrth yr Esgynnydd. 'Dyna chi,' gwaeddodd Mr Wonka'n fuddugoliaethus. 'Fe glywodd e fi! Mae e'n mynd adref!' Ond roedd Mr Wonka'n anghywir. Pan oedd y creadur tua chanllath i ffwrdd, arhosodd, a hofran am eiliad, ac yna dechreuodd symud yn llyfn am 'nôl, gan ddod 'nôl tuag at yr Esgynnydd a'i ran ôl (sef pen pigfain yr wy) nawr yn y blaen. Hyd yn oed wrth fynd am 'nôl, roedd ei gyflymder yn anhygoel.

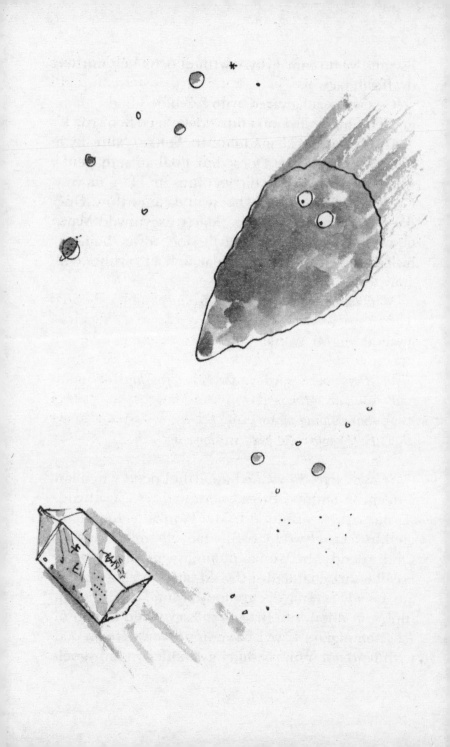

Roedd e fel rhyw fwled fawr anferthol yn dod tuag atyn nhw ac fe ddaeth e mor gyflym fel nad oedd gan neb amser i weiddi hyd yn oed.

CLATSH! Dyma fe'n taro'r Esgynnydd Gwydr â'r glec ryfeddaf, a dyma'r holl beth yn crynu ac yn ysgwyd ond fe wnaeth y gwydr ddal a bownsiodd y Cned i ffwrdd fel pelen rwber.

'Beth ddwedais i wrthoch chi!' gwaeddodd Mr Wonka'n fuddugoliaethus. 'Ry'n ni'n saff fel sosejys i mewn fan hyn!'

'Fe fydd pen tost cas gyda fe ar ôl hynna,' meddai Tad-cu Joe.

'Nid ei ben e yw e, ond ei ben-ôl!' meddai Charlie. 'Edrych, mae lwmpyn mawr yn dechrau codi ar y pen pigfain lle trawodd e ni! Mae e'n troi'n ddulas!'

Felly'n wir. Roedd lwmpyn cleisiog porffor maint car bychan yn dechrau ymddangos ar ben-ôl pigfain y Cned anferthol. 'Helô, y bwystfil mawr brwnt!' gwaeddodd Mr Wonka.

'Helô, y Cned mawr! Wel dwed, sut wyt ti?
Mae dy liw heddiw'n rhyfedd ac od.
Mae dy ben-ôl yn borffor a glas fel y lli.
Ai dyna sut dylai e fod?

Wyt ti'n teimo'n anhwylus? Teimlo'n wan
neu'n reit hen?
Cyn ei drafod, oes gwell cau y drws?
Rhaid ei fod e'n hen gyflwr bach diflas dros ben,
Mae dy ben-ôl di'r un maint â bws!

Rhaid i mi nôl meddyg. Dwi'n nabod un smala
I Gned sydd â chlefyd bach ansad.
Wrth ei waith mae e'n gigydd, sy'n gynllun bach da,
A'i ffioedd yn rhyfedd o rad.

A, dyma fe nawr! "O, diolch, o Ddoctor
Am deithio mor bell lan i'r gofod.
A dyma eich claf, y Cned pen-ôl porffor!
Ydy'r achos yn anodd a hynod?"

"Wel arswyd y byd! Mae e'n welw, 'rhen grwt!"
Meddai'r doctor a gwenu'n reit erwin.
"Mae math o falŵn ym mhen draw ei gwt!
Rhaid ei fyrstio ar unwaith â phìn!"

Felly aeth i nôl rhywbeth fel gwaywffon fawr
Un bluog fel un Indiaid Cochion,
A rhoi tipyn o bigiad i'r pen-ôl maint cawr,
Ond fyrstiodd y Cned ddim yn yfflon!

Fe waeddodd y Cned, "O, pa beth a wnaf
Â'r lwmpyn sy'n wir annioddefol?
Ni allaf sefyll drwy gydol yr haf
Nac eistedd i lawr ar y 'mhen-ôl!"

"Pen-ôl poenus, siŵr iawn," meddai'r meddyg â gwên,
"Yw'r cyflwr sy'n rhoi iti'r gwewyr.
Yn lle eistedd yn iawn, eistedd nawr ar dy ben,
A'th ben-ôl lan fry yn yr awyr!"'

9

Cael Eu Llowcio'n Fyw

Ar y diwrnod roedd hyn i gyd yn digwydd, agorodd yr un ffatri yn unman yn y byd. Roedd pob swyddfa ac ysgol ar gau. Symudodd neb i ffwrdd o'r sgriniau teledu, ddim hyd yn oed am ychydig funudau i nôl Coke neu i fwydo'r babi. Roedd y tensiwn yn annioddefol. Clywodd pawb wahoddiad Arlywydd America i'r dynion o'r blaned Mawrth ymweld ag ef yn y Tŷ Gwyn. Ac fe glywon nhw'r gerdd ateb ryfedd, oedd yn swnio braidd yn fygythiol. Hefyd clywon nhw sgrech fain (Mam-gu Josephine), ac ychydig yn ddiweddarach, clywon nhw rywun yn gweiddi, 'Ewch! Ewch! Ewch!' (Mr Wonka). Allai neb wneud pen na chynffon o'r gweiddi. Tybion nhw mai un o ieithoedd y blaned Mawrth oedd hi. Ond pan ruthrodd yr wyth gofodwr rhyfedd yn sydyn yn ôl i'w capsiwl gwydr a thorri'n rhydd o'r Gwesty Gofod, bron y gallet ti glywed yr ochenaid fawr o ryddhad a roddodd pobloedd y ddaear. Llifodd telegramau a negeseuon i'r Tŷ Gwyn yn llongyfarch yr Arlywydd ar ei ffordd wych o reoli sefyllfa frawychus.

Arhosodd yr Arlywydd ei hun yn dawel a meddylgar. Eisteddai wrth ei ddesg yn rholio darn bach o gwm cnoi gwlyb rhwng ei fys a'i fawd. Roedd

e'n aros am yr eiliad pan allai ei daflu at Miss Tibbs
heb iddi ei weld e. Taflodd y darn ond methodd
daro Miss Tibbs a chafodd Pennaeth yr Awyrlu ei
daro ar flaen ei drwyn.

'Ydych chi'n meddwl bod y dynion o'r blaned
Mawrth wedi derbyn fy ngwahoddiad i'r Tŷ Gwyn?'
gofynnodd yr Arlywydd.

'Wrth gwrs eu bod nhw,' meddai'r Ysgrifennydd Tramor. 'Roedd hi'n araith wych, syr.'

'Maen nhw siŵr o fod ar eu ffordd i lawr yma nawr,' meddai Miss Tibbs. 'Cer i olchi'r hen gwm cnoi gludiog 'na oddi ar dy fysedd ar frys. Fe allen nhw gyrraedd unrhyw funud.'

'Beth am gael cân yn gyntaf,' meddai'r Arlywydd. 'Cana un arall amdana i, Nani . . . plis.'

CÂN Y NYRS

Bu hwn mor wych, sef testun 'nghân,
Y gorau fu erioed,
Yn ddim o beth, yn fachgen glân,
Pan oedd yn ddwyflwydd oed.

Fe wenai arnaf yn ei got,
Ac ar 'mhen-glin yn cwtsio.
Fe'i rhown i eistedd ar y pot
Ac aros iddo biso.

Fe olchwn rhwng ei fysedd mwyn,
A thorri'i ewinedd canol.
A brwsio'i wallt a sychu'i drwyn
A'i bwyso ar y dafol.

Pan oedd yn blentyn, gwên a gwg
A roddwn iddo'n smala.
Fe roddwn smac pan oedd yn ddrwg,
A dim un pan oedd yn dda.

Dechreuodd wawrio arna i
Nad oedd e wir yn seren,
Achos pan oedd e'n ddau ddeg tri
Ni allai sgrifennu na darllen.

Meddai'i rieni: 'Mae mor rhwydd
Gweld bod hwn heb ddoniau!
Chaiff e byth hyd yn oed swydd
Fel dosbarthwr pap'rau!'

Meddwn i: 'Fe allai'r ffŵl
Gael swydd reit dda fel gwleidydd.'
'O Nani,' gwaeddodd e. 'Ti'n cŵl!
Mae'r syniad yn ysblennydd!'

'O'r gorau,' meddwn. 'Ein pwnc ni
Fydd dysgu am wleidyddiaeth.
Cei ddysgu sut i golli'r lli',
Am sgiliau siomedigaeth,
A sut i ennill pleidlais gry'
A thriciau sydd mor helaeth.

A dysgu rhoi araith rhaid it wneud
Bob dydd ar y teledu,
Lle nad wyt ti byth yn dweud
Yr hyn rwyt ti'n ei olygu.

A does dim rhaid i mi or-ddweud,
Bod dwylo a dannedd du'n dad-wneud
Pob dim yr wyt ti'n gredu.'

A minnau'n hen a than fy mhwn,
Rhy hwyr difaru, oherwydd
Fi sydd ar fai i'r twpsyn hwn
Ddod arnom yn Arlywydd.

'Gwych, Nani!' gwaeddodd yr Arlywydd, gan guro'i ddwylo. 'Hwrê!' bloeddiodd y lleill. 'Da iawn, Madam Is-Arlywydd! Arbennig! Rhyfeddol!'

'Nefoedd wen!' meddai'r Arlywydd. 'Fe fydd y dynion yna o'r blaned Mawrth yn cyrraedd unrhyw eiliad! Beth ar y ddaear rown ni iddyn nhw i ginio? Ble mae fy Mhrif Gogydd?'

Ffrancwr oedd y Prif Gogydd. Roedd e hefyd yn ysbïwr Ffrengig a'r eiliad hon roedd e'n gwrando wrth dwll clo stydi'r Arlywydd. 'Ici, Monsieur le President!' meddai, gan ruthro i mewn.

'Brif Gogydd,' meddai'r Arlywydd. 'Beth mae dynion o'r blaned Mawrth yn ei fwyta i ginio?'

'Mars Bars,' meddai'r Prif Gogydd.

'Wedi'u pobi neu wedi'u berwi?' gofynnodd yr Arlywydd.

'O, *wedi'u pobi*, wrth gwrs, Monsieur le President. Fe fyddwch chi'n difetha Mars Bar wrth ei ferwi!'

Torrodd llais y gofodwr Shuckworth ar draws hyn i gyd dros yr uchelseinydd yn stydi'r Arlywydd. 'Gaf i ganiatâd i gysylltu â'r Gwesty Gofod a mynd i mewn?' gofynnodd.

'Cewch,' meddai'r Arlywydd. 'Ymlaen â chi, Shuckworth. Mae popeth yn glir nawr . . . Diolch i fi.'

Ac felly, dyma'r Capsiwl Teithio mawr, oedd yn cael ei yrru gan Shuckworth, Shanks a Showler, a holl reolwyr y gwesty, y rheolwyr cynorthwyol a'r porthorion a'r cogyddion a'r gweinyddesau a'r glanhawyr ar ei fwrdd, yn symud i mewn yn llyfn ac yn cysylltu â'r Gwesty Gofod enfawr.

'Hei! Ry'n ni wedi colli ein llun teledu ni,' gwaeddodd yr Arlywydd.

'Mae arna i ofn fod y camera wedi cael ei falu yn erbyn ochr y Gwesty Gofod, Mr Arlywydd,' atebodd Shuckworth. Dywedodd yr Arlywydd air drwg iawn ar y meicroffon a dechreuodd deg miliwn o blant dros y byd i gyd ei ailadrodd yn hapus a chael clipsen gan eu rhieni.

'Mae pob un o'r gofodwyr a chant a hanner o staff y gwesty'n ddiogel ar fwrdd y Gwesty Gofod!' adroddodd Shuckworth dros y radio. 'Rydyn ni nawr yn sefyll yn y cyntedd!'

'A beth yw eich barn am y cyfan?' gofynnodd yr Arlywydd. Gwyddai fod y byd i gyd yn gwrando ac roedd e eisiau i Shuckworth ddweud pa mor wych oedd e. Chafodd e mo'i siomi gan Shuckworth.

'Wel, Mr Arlywydd, mae e'n *grêt*!' meddai. 'Mae e'n *anhygoel*! Mae e mor *enfawr*! Ac mor . . . mae'n anodd dod o hyd i eiriau i'w ddisgrifio fe, mae'n wironeddol ysblennydd, yn enwedig y siandelïers a'r carpedi a phob dim! Ac mae Prif Reolwr y Gwesty, Mr Wali W. Wal, wrth fy ochr i nawr. Fe hoffai e gael yr anrhydedd o siarad â chi, syr.'

'Rhowch e ar y lein,' meddai'r Arlywydd.

'Mr Arlywydd, syr, Wali Wal sydd yma. Am westy gwych! Mae'r addurniadau'n rhagorol!'

'Ydych chi wedi sylwi bod yna garpedi o wal i wal, Mr Wali Wal? gofynnodd yr Arlywydd.

'Ydw, wir, Mr Arlywydd.'

'Ac mae'r gwesty i gyd â phapur wal o wal i wal hefyd, Mr Wali Wal.'

'Ydy, syr, Mr Arlywydd! On'd yw hynny'n wych! Mae rhedeg gwesty hyfryd fel hwn yn mynd i fod yn bleser pur! . . . *Hei! Beth sy'n digwydd draw fan 'na? Mae rhywbeth yn dod allan o'r lifftiau! Help!'* Yn sydyn daeth y sgrechian a'r gweiddi mwyaf dychrynllyd allan o'r uchelseinydd yn stydi'r Arlywydd. *'Aiiiiii! Owwwww! Aiiiiii! Hel-l-l-lp! Hel-l-l-l-lp! Hel-l-l-l-l-l-l-lp!'*

'Beth yn y byd sy'n digwydd?' meddai'r Arlywydd. *'Shuckworth! Ydych chi yna, Shuckworth? . . . Shanks! Showler! Mr Wali Wal! Ble rydych chi i gyd! Beth sy'n digwydd?'*

Aeth y sgrechian yn ei flaen. Roedd e mor uchel, roedd yn rhaid i'r Arlywydd roi ei fysedd yn ei glustiau. Clywodd pob tŷ yn y byd oedd â theledu neu radio'r sgrechiadau ofnadwy hynny. Roedd yna synau eraill hefyd – rhochian a chwyrnu uchel a synau crensian. Wedyn bu tawelwch.

Ar unwaith, galwodd yr Arlywydd y Gwesty Gofod ar y radio. Galwodd Houston y Gwesty Gofod. Galwodd yr Arlywydd Houston. Galwodd Houston yr Arlywydd. Wedyn galwodd y ddau ohonyn nhw'r Gwesty Gofod. Ond ddaeth dim ateb. Roedd popeth yn dawel i fyny fry yn y gofod.

'Mae rhywbeth ofnadwy wedi digwydd,' meddai'r Arlywydd.

'Y dynion 'na o blaned Mawrth sydd wrth wraidd hyn i gyd,' meddai Cyn-Bennaeth y Fyddin. 'Fe *ddwedais* i wrthoch chi am adael i mi eu chwythu nhw i fyny.'

'Tawelwch!' meddai'r Arlywydd yn swta. 'Mae'n rhaid i mi feddwl.'

Dechreuodd yr uchelseinydd grensian. 'Helô!' meddai. 'Helô helô helô! Ydych chi'n fy nghlywed i, Rheolaeth o'r Ddaear yn Houston?'

Cydiodd yr Arlywydd yn y meic ar ei ddesg. 'Gadewch hyn i mi, Houston!' gwaeddodd. 'Arlywydd Gilligrass sydd yma, dwi'n eich clywed chi'n glir! Ymlaen â chi!'

'Gofodwr Shuckworth sydd yma, Mr Arlywydd, 'nôl ar fwrdd y Capsiwl Teithio . . . *diolch byth!*'

'Beth ddigwyddodd, Shuckworth? Pwy sy gyda chi?'

'Mae'r rhan fwyaf ohonon ni yma, Mr Arlywydd, dwi'n falch o gael dweud. Mae Shanks a Showler gyda fi, a chriw mawr o bobl eraill. Dwi'n tybio ein bod ni wedi colli rhai dwsinau o bobl i gyd, cogyddion, porthorion, y math yna o beth. Roedd yn rhaid i ni sgrialu oddi yna er mwyn ceisio dianc o'r lle 'na'n fyw!'

'Beth ry'ch chi'n feddwl i chi *golli* dau ddwsin o bobl?' gwaeddodd yr Arlywydd. 'Sut colloch chi nhw?'

'Cawson nhw eu llowcio'n fyw!' atebodd Shuckworth. 'Un llowc a dyna ni! Fe welais i reolwr cynorthwyol chwe throedfedd o daldra'n cael ei lyncu'n union fel y byddech chi'n llyncu lwmp o hufen iâ, Mr Arlywydd! Dim cnoi – dim byd! I lawr y lôn goch a dyna'r cyfan!'

'Ond *pwy*?' bloeddiodd yr Arlywydd. 'Am bwy ry'ch chi'n siarad? Pwy wnaeth y llyncu?'

'*Arhoswch!*' gwaeddodd Shuckworth. 'O'r arglwydd mawr, dyma nhw i gyd yn dod nawr! Maen nhw'n dod ar ein holau ni! Maen nhw'n heidio allan o'r Gwesty Gofod! Maen nhw'n dod allan yn heidiau! Fe fydd yn rhaid i chi f'esgusodi i am eiliad, Mr Arlywydd. Does dim amser i siarad nawr!'

10

Y Capsiwl Teithio mewn Trafferth – Ymosodiad Rhif 1

Wrth i Shuckworth, Shanks a Showler gael eu herlid allan o'r Gwesty Gofod gan y Cnedwyr, roedd Esgynnydd Mawr Gwydr Mr Wonka yn troi o gwmpas y ddaear ar gyflymder rhyfeddol. Roedd holl rocedi hybu Mr Wonka'n tanio ac roedd yr Esgynnydd yn cyrraedd cyflymder o dri deg pedwar mil o filltiroedd yr awr yn lle'r un deg saith mil arferol. Ti'n gweld, roedden nhw'n ceisio dianc rhag y Cned Mileinig enfawr yna â'r pen-ôl porffor. Doedd Mr Wonka ddim yn ei ofni, ond roedd Mam-gu Josephine wedi fferru gan ofn. Bob tro roedd hi'n edrych arno fe, roedd hi'n rhoi sgrech fain ac yn cau ei dwylo dros ei llygaid. Ond, wrth gwrs, chwarae plant yw tri deg pedwar mil o filltiroedd yr awr i Gned. Fydd Cnedwyr ifanc iach yn meddwl dim am deithio miliwn o filltiroedd rhwng cinio a swper, ac yna filiwn arall cyn brecwast y diwrnod wedyn. Dyna'r unig ffordd y gallen nhw deithio rhwng y blaned Fermes a'r sêr eraill. Dylai Mr Wonka fod wedi gwybod hyn ac wedi arbed nerth ei rocedi, ond daliodd ati i fynd a daliodd y Cned anferthol ati i deithio'n ddiymdrech wrth ei ochr, gan rythu i mewn i'r Esgynnydd â'i lygad coch cas. Roedd hi'n edrych fel petai'r Cned yn dweud, 'Ry'ch chi, bobl, wedi cleisio fy mhen-ôl, ac yn y diwedd dwi'n mynd i'ch *cael* chi am hynny.'

Roedden nhw wedi bod yn gwibio o gwmpas y Ddaear fel hyn am ryw bedwar deg pum munud pan ddwedodd Charlie'n sydyn, wrth iddo hofran yn gyfforddus wrth ymyl Tad-cu Joe ger y nenfwd, 'Mae rhywbeth o'n blaenau hi! Weli di fe, Tad-cu? Yn syth o'n blaenau ni!'

'Gwnaf, Charlie, gwnaf . . . Nefoedd wen, y Gwesty Gofod yw e!'

'All hynny ddim bod, Tad-cu. Fe adawon ni fe filltiroedd y tu ôl i ni amser maith yn ôl.'

'A-ha, meddai Mr Wonka. 'Ry'n ni wedi bod yn mynd mor gyflym ry'n ni wedi mynd yr holl ffordd o gwmpas y Ddaear ac wedi dal i fyny ag e eto! Ymdrech wych!'

'A dyna'r Capsiwl Teithio! Weli di fe, Tad-cu? Mae e'n union y tu ôl i'r Gwesty Gofod!'

'Mae rhywbeth arall yno hefyd, Charlie, os nad ydw i'n camgymryd!'

'*Dwi'n gwybod beth yw'r rheina!*' sgrechiodd Mam-gu Josephine. 'Y Cnedwyr Mileinig ydyn nhw! Trowch 'nôl ar unwaith!'

'Ewch am 'nôl!' bloeddiodd Mam-gu Georgina. 'Ewch y ffordd arall!'

'Ddynes annwyl,' meddai Mr Wonka. 'Nid car ar y draffordd yw hwn. Pan fyddwch chi'n troi o gwmpas y ddaear, allwch chi ddim stopio na mynd am 'nôl!'

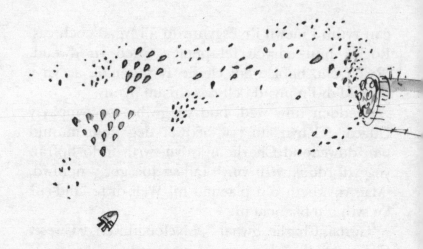

'Does dim gwahaniaeth gen i am hynny!' gwaeddodd Mam-gu Josephine. 'Gwasgwch y brêc! Stopiwch! Ewch am 'nôl! Fe fydd y Cnedwyr yn ein cael ni!'

'Nawr er mwyn popeth, gadewch i ni *roi'r gorau* i'r dwli 'ma unwaith ac am byth,' meddai Mr Wonka'n chwyrn. 'Ry'ch chi'n gwybod yn iawn fod fy Esgynnydd yn gallu gwrthsefyll Cnedwyr. Does gennych chi ddim byd i'w ofni.'

Roedden nhw'n nes nawr a gallen nhw weld y Cnedwyr yn llifo allan o gynffon y Gwesty Gofod ac yn heidio fel gwenyn meirch o gwmpas y Capsiwl Teithio.

'Maen nhw'n ymosod arno fe!' gwaeddodd Charlie. 'Maen nhw'n mynd ar ôl y Capsiwl Teithio!'

Roedd hi'n olygfa ddychrynllyd. Roedd y Cnedwyr enfawr siâp wy yn ffurfio sgwadronau gyda rhyw ugain Cned ym mhob sgwadron. Yna ffurfiodd pob sgwadron linell hir, gydag un llathen rhwng y Cnedwyr. Yna, y naill ar ôl y llall, dechreuodd y

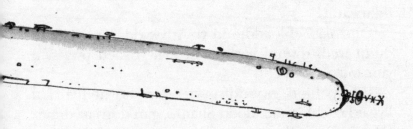

sgwadronau ymosod ar y Capsiwl Teithio. Ymosodon nhw am 'nôl gyda'u penolau pigfain yn wynebu am ymlaen a daethon nhw i mewn ar gyflymder rhyfeddol.

CLEC! Ymosododd un sgwadron, bownsio oddi ar y Capsiwl a symud i ffwrdd.

CLATSH! Aeth sgwadron arall glatsh yn erbyn ochr y Capsiwl Teithio.

'Ewch â ni o fan hyn, y gwallgofddyn!' sgrechiodd Mam-gu Josephine. 'Am beth ry'ch chi'n aros?'

'Fe fyddan nhw'n dod ar ein holau *ni* nesaf!' bloeddiodd Mam-gu Georgina. 'Er mwyn y nef-oedd, ddyn, trowch 'nôl!'

'Dwi'n amau'n fawr a yw eu capsiwl nhw'n gallu gwrthsefyll Cnedwyr,' meddai Mr Wonka.

'Felly mae'n rhaid i ni eu helpu nhw!' llefodd Charlie. 'Mae'n rhaid i ni wneud rhywbeth! Mae cant a hanner o bobl yn y peth 'na!'

I lawr ar y Ddaear, yn stydi'r Tŷ Gwyn, roedd yr Arlywydd a'i gynghorwyr yn gwrando mewn arswyd ar leisiau'r gofodwyr dros y radio.

'Mae heidiau ohonyn nhw'n dod tuag aton ni!' gwaeddai Shuckworth. 'Maen nhw'n ein bwrw ni'n ddarnau!'

'Ond *pwy?*' bloeddiodd yr Arlywydd. 'Dydych chi ddim wedi dweud wrthon ni hyd yn oed pwy sy'n ymosod arnoch chi!'

'Y bwystfilod gwyrddfrown mawr brwnt hyn â'u llygaid coch!' gwaeddodd Shanks, gan dorri ar draws. 'Maen nhw fel wyau enfawr ac maen nhw'n dod tuag aton ni am 'nôl!'

'Am 'nôl?' gwaeddodd yr Arlywydd. 'Pam am 'nôl?'

'Achos mae eu penolau hyd yn oed yn fwy miniog na'u pennau uchaf nhw!' gwaeddodd Shuckworth. 'Gwyliwch! Dyma griw arall yn dod!' *CLEC!* 'Fyddwn ni ddim yn gallu dioddef hyn yn llawer hirach, Mr Arlywydd! Mae'r gweinyddesau'n sgrechian ac mae'r glanhawyr yn mynd yn orffwyll ac mae'r gweision clychau'n mynd yn sâl ac mae'r porthorion yn dweud eu pader, felly beth wnawn ni, Mr Arlywydd, syr, beth yn y byd wnawn ni?'

'Taniwch eich rocedi, y twpsyn, a dewch 'nôl!' gwaeddodd yr Arlywydd. 'Dewch 'nôl i'r Ddaear ar unwaith!'

'Mae hynny'n amhosibl!' gwaeddodd Showler. 'Maen nhw wedi bwrw ein rocedi ni! Maen nhw wedi'u torri nhw'n deilchion!'

'Mae hi ar ben arnon ni, Mr Arlywydd!' gwaeddodd Shanks. 'Mae'r diwedd yn dod! Achos hyd yn oed os na lwyddan nhw i ddinistrio'r capsiwl, fe fydd yn rhaid i ni aros i fyny fan hyn am weddill ein bywydau! Allwn ni ddim dod 'nôl heb rocedi!'

Roedd yr Arlywydd yn chwysu a rhedodd y chwys yr holl ffordd i lawr ei wegil a'r tu mewn i'w goler.

'Unrhyw eiliad nawr, Mr Arlywydd,' aeth Shanks yn ei flaen, 'ry'n ni'n mynd i golli cysylltiad â chi'n gyfan gwbl! Mae criw arall yn dod tuag aton ni o'r chwith ac maen nhw'n anelu'n syth at ein herial radio ni! Dyma nhw'n dod! Dwi ddim yn credu y byddwn ni'n gallu . . .' Diflannodd y llais. Aeth y radio'n farw.

'Shanks!' gwaeddodd yr Arlywydd. 'Ble ry'ch chi, Shanks? . . . Shuckworth! Shanks! Showler! . . . Showlworth! Shucks! Shankler! . . . Shankworth! Show! Shuckler! Pam nad 'ych chi'n fy ateb i?!'

I fyny fry yn yr Esgynnydd Mawr Gwydr lle nad oedd ganddyn nhw radio a lle na allen nhw glywed dim o'r sgyrsiau hyn, roedd Charlie'n dweud, 'Eu hunig obaith nhw yw mynd 'nôl i mewn i atmosffer y Ddaear ar frys, mae'n siŵr!'

'Ie,' meddai Mr Wonka. 'Ond er mwyn mynd 'nôl i mewn i atmosffer y Ddaear, mae'n rhaid iddyn nhw symud eu hunain allan o orbit. Mae'n rhaid iddyn nhw newid cyfeiriad a mynd am i lawr, ac i wneud hynny mae angen rocedi arnyn nhw! Ond mae eu tiwbiau rocedi wedi'u plygu a'u pletio i gyd! Mae hynny i'w weld o fan hyn! Allan nhw ddim symud!'

'Pam na allwn ni eu tynnu nhw i lawr?' gofynnodd Charlie.

Neidiodd Mr Wonka. Er ei fod e'n hofran, fe lwyddodd i neidio rywsut. Roedd e mor gyffrous, fe saethodd i fyny a tharo'i ben yn erbyn y nenfwd.

Yna trodd o gwmpas deirgwaith yn yr awyr a gweiddi, 'Charlie! Rwyt ti wedi'i deall hi! Dyna'r ateb! Fe'u tynnwn ni nhw allan o orbit! At y botymau, glou!'

'Beth fyddwn ni'n 'i ddefnyddio i'w tynnu nhw?' gofynnodd Tad-cu Joe. 'Ein teis ni?'

'Peidiwch â phoeni am rywbeth bach fel 'na!' gwaeddodd Mr Wonka. 'Mae fy Esgynnydd Mawr Gwydr yn barod am unrhyw beth. I mewn â ni! I'r adwy, ffrindiau annwyl, i'r adwy!'

'Stopiwch e!' sgrechiodd Mam-gu Josephine.

'Bydd ddistaw, Josie,' meddai Tad-cu Joe. 'Mae angen help llaw ar rywrai draw fan 'na a'n gwaith ni yw eu helpu nhw. Os oes ofn arnat ti, mae'n well i ti gau dy lygaid yn dynn a rhoi dy fysedd yn dy glustiau.'

11

Brwydr y Cnedwyr

'Tad-cu Joe, syr!' gwaeddodd Mr Wonka. 'A fyddech chi mor garedig â mynd i ben draw'r Esgynnydd fan 'na a throi'r ddolen 'na? Hi sy'n gollwng y rhaff!'

'Fydd rhaff yn dda i ddim, Mr Wonka! Bydd y Cnedwyr yn cnoi drwy raff mewn eiliad!'

'Rhaff ddur yw hi,' meddai Mr Wonka. 'Mae hi wedi'i gwneud o ddur cyflosg. Os ceisian nhw gnoi drwy *honna* fe fydd eu dannedd nhw'n hollti'n sbils! At dy fotymau, Charlie! Mae'n rhaid i ti fy helpu i i symud! Rydyn ni'n mynd yn union dros ben y Capsiwl Teithio ac yna fe geisiwn ni fachu wrtho fe yn rhywle a chydio ynddo'n dynn!'

Fel llong ryfel yn mynd i'r gad, symudodd yr Esgynnydd Mawr Gwydr, gyda'i rocedi hybu wedi'u tanio, yn llyfn i mewn dros ben y Capsiwl Teithio enfawr. Rhoddodd y Cnedwyr y gorau i ymosod ar y Capsiwl yn syth, a mynd am yr Esgynnydd. Taflodd sgwadron ar ôl sgwadron o Gnedwyr Mileinig enfawr eu hunain yn ffyrnig yn erbyn peiriant gwych Mr Wonka! CLATSH! CLEC! CHWAP! Roedd y sŵn yn fyddarol ac yn ofnadwy. Cafodd yr Esgynnydd ei daflu o gwmpas fel deilen, ac ynddo roedd Mam-gu Josephine, Mam-gu Georgina a Tad-cu George yn hofran yn eu gwisgoedd nos, a phob un yn udo ac yn sgrechian ac yn curo'u breichiau ac yn galw am help. Roedd Mrs Bucket wedi lapio'i breichiau am Mr Bucket ac roedd hi'n cydio ynddo mor dynn nes i un o fotymau ei grys dorri ei groen. Roedd Charlie a Mr Wonka, oedd yn hollol bwyllog a hamddenol, i fyny ger y nenfwd yn gweithio botymau rheoli'r rocedi hybu, ac roedd Tad-cu Joe, oedd yn gweiddi bloeddiadau rhyfel ac yn rhegi ar y Cnedwyr, yn y gwaelod yn troi'r ddolen oedd yn datod y rhaff ddur. Ar yr un pryd roedd e'n gwylio'r rhaff drwy lawr gwydr yr Esgynnydd.

'Starbord – ychydig bach, Charlie!' gwaeddodd Tad-cu Joe. 'Ry'n ni'n union uwch ei ben e nawr! . . . Ymlaen ychydig o lathenni, Mr Wonka! . . . Dwi'n ceisio cael y bachyn i fachu wrth y stwmpyn bach sy'n sticio allan yn y blaen fan 'na! . . . Daliwch e! . . . Mae e gen i . . . Dyna ni! . . . Ymlaen fymryn nawr i gael gweld a fydd e'n dal! . . . Mwy! . . . Mwy! . . .' Tynhaodd y rhaff fawr ddur. Daliodd hi! A nawr, rhyfeddod y rhyfeddodau, dyma'r Esgynnydd, â'i rocedi hybu'n fflamio, yn dechrau tynnu'r Capsiwl Teithio enfawr ymlaen, ac i ffwrdd!

'Ymlaen â ni!' gwaeddodd Tad-cu Joe. 'Mae'r rhaff yn mynd i ddal! Mae hi *yn* dal! Mae hi'n dal yn dda!'

'Mae pob roced hybu'n tanio!' gwaeddodd Mr Wonka, a llamodd yr Esgynnydd yn ei flaen. Daliodd y rhaff o hyd. Gwibiodd Mr Wonka i lawr at Tad-cu Joe ac ysgwyd ei law'n gynnes. 'Da iawn, syr,' meddai. 'Fe wnaethoch chi waith gwych o dan ymosodiad trwm!'

Edrychodd Charlie 'nôl ar y Capsiwl Teithio ryw dri deg llath y tu ôl iddyn nhw ar ben draw'r rhaff dynnu. Roedd ganddo ffenestri bach yn y blaen, ac yn y ffenestri gallai weld yn glir wynebau syfrdan Shuckworth, Shanks a Showler. Cododd Charlie ei law arnyn nhw a gwneud arwydd gyda'i fawd. Wnaethon nhw ddim codi'u llaw 'nôl. Dim ond sefyll yno'n gegrwth wnaethon nhw. Allen nhw ddim credu beth oedd yn digwydd.

Chwythodd Tad-cu Joe ei hun i fyny a hofran wrth ymyl Charlie. Roedd e'n gyffro i gyd. 'Charlie, 'machgen i,' meddai. 'Ry'n ni wedi bod drwy nifer o bethau rhyfedd gyda'n gilydd yn ddiweddar, ond dim byd tebyg i hyn!'

'Tad-cu, ble mae'r Cnedwyr? Maen nhw wedi diflannu'n sydyn!'

Edrychodd pawb o'u cwmpas. Yr unig Gned yn y golwg oedd eu hen ffrind â'r pen-ôl porffor. Roedd e'n dal i deithio wrth eu hymyl nhw yn y man arferol, ac yn dal i rythu i mewn i'r Esgynnydd.

'*Arhoswch* funud!' gwaeddodd Mam-gu Josephine. 'Beth yw *hwnna* wela i draw fan 'na?' Edrychon nhw unwaith eto, a'r tro hwn, yn ddigon siŵr, ymhell yn y pellter, yn awyr las tywyll y gofod, gwelon nhw gwmwl anferthol o Gnedwyr Mileinig yn troi a chylchu fel awyrennau rhyfel.

'Os ydych chi'n meddwl ein bod ni wedi dianc eto, dydych chi ddim yn gall!' gwaeddodd Mam-gu Georgina.

'Does dim ofn Cnedwyr arna i!' meddai Mr Wonka. 'Ry'n ni wedi'u trechu nhw nawr!'

'Dwli drewllyd!' meddai Mam-gu Josephine. 'Unrhyw eiliad nawr ac fe fyddan nhw'n ymosod arnon ni eto! Edrychwch arnyn nhw! Maen nhw'n agosáu! Maen nhw'n dod yn nes!'

Roedd hyn yn wir. Roedd yr haid enfawr o Gnedwyr wedi symud i mewn ar gyflymder anhygoel ac roedden nhw'n hedfan nawr wrth ochr yr Esgynnydd Mawr Gwydr, rai cannoedd o lathenni i ffwrdd ar yr ochr dde. Roedd yr un â'r lwmpyn ar ei ben-ôl lawer yn nes, dim ond ugain llath i ffwrdd ar yr un ochr.

'Mae e'n newid ei siâp!' gwaeddodd Charlie. 'Yr un sydd agosaf aton ni! Beth mae e'n mynd i'w wneud? Mae'n mynd yn hirach ac yn hirach!' Ac yn wir, roedd e hefyd. Roedd y corff enfawr siâp wy yn ymestyn yn araf fel gwm cnoi, gan fynd yn hirach ac yn hirach ac yn deneuach ac yn deneuach, nes yn y diwedd roedd e'n edrych yn union fel sarff werdd seimllyd hir oedd mor drwchus â choeden drwchus a'r un hyd â chae pêl-droed. Ar y pen blaen roedd y llygaid, yn fawr ac yn wyn a chanhwyllau coch ynddyn nhw; ar y cefn roedd rhyw fath o gynffon bigfain a reit ar flaen y gynffon roedd y lwmpyn chwyddedig crwn enfawr roedd e wedi'i gael wrth daro yn erbyn y gwydr.

Fe wnaeth y bobl oedd yn hofran y tu mewn i'r Esgynnydd wylio ac aros. Gwelon nhw'r Cned, oedd yn hir fel rhaff, yn troi ac yn dod yn syth ond yn eithaf araf tuag at yr Esgynnydd Mawr Gwydr. Nawr dechreuodd e lapio'i gorff fel rhaff o gwmpas yr Esgynnydd ei hun. Aeth o gwmpas unwaith . . . yna ddwywaith, a dyna brofiad dychrynllyd oedd bod y tu mewn a gweld y corff gwyrdd meddal yn gwasgu yn erbyn ochr allanol y gwydr, ddim mwy nag ychydig fodfeddi i ffwrdd.

'Mae e'n ein clymu ni fel parsel!' bloeddiodd Mam-gu Josephine.

'Sothach!' meddai Mr Wonka.

'Mae e'n mynd i'n gwasgu ni yn ei dorchau!' llefodd Mam-gu Georgina.

'Byth bythoedd!' meddai Mr Wonka.

Edrychodd Charlie 'nôl yn gyflym ar y Capsiwl Teithio. Roedd wynebau Shuckworth, Shanks a Showler yn wyn fel y galchen ac wedi'u gwasgu yn erbyn gwydr y ffenestri bach, wedi'u dychryn, wedi'u synnu, yn syfrdan, yn gegrwth, a'u hwynebau wedi'u rhewi fel darnau pysgod. Unwaith eto, gwnaeth Charlie arwydd gyda'i fawd. Rhoddodd Showler ryw hanner gwên i'w gydnabod, ond dyna'r cyfan.

'O, o, o!' sgrechiodd Mam-gu Josephine. 'Ewch â'r hen beth meddal ofnadwy yna oddi yma!'

Ar ôl cyrlio'i gorff ddwywaith o gwmpas yr Esgynnydd, dechreuodd y Cned wneud cwlwm â'i ddau ben, cwlwm da a chryf, y chwith dros y dde, yna'r dde dros y chwith. Ar ôl iddo dynnu'r cwlwm yn dynn, roedd rhyw bum llath o un pen yn hongian yn rhydd. Dyna'r pen â'r llygad arno. Ond fuodd e ddim yn hongian yn rhydd yn hir. Trodd ei hun yn gyflym yn siâp bachyn enfawr a gwthiodd y bachyn ei hunan allan wysg ei ochr o'r Esgynnydd

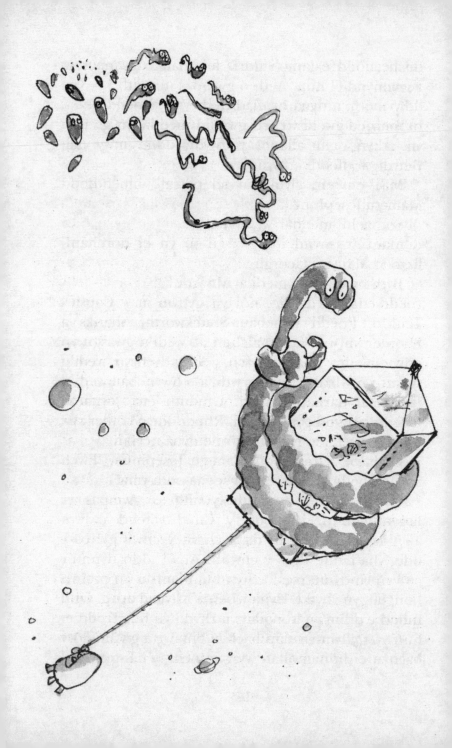

fel petai'n aros am rywbeth arall i fachu ei hunan wrtho.

Wrth i hyn i gyd ddigwydd, doedd neb wedi sylwi beth roedd y Cnedwyr eraill yn ei wneud. 'Mr Wonka!' gwaeddodd Charlie. 'Edrychwch ar y lleill! Beth *maen* nhw'n ei wneud?'

Beth, yn wir?

Roedd y rhain, hefyd, wedi newid eu siâp ac wedi mynd yn hirach, ond ddim hanner mor hir ac mor denau â'r un cyntaf. Roedd pob un ohonyn nhw wedi troi eu hunain yn rhyw fath o bastwn trwchus ac roedd y pastwn wedi'i gyrlio yn y ddau ben – felly roedd e fel bachyn a dau ben iddo. A nawr roedd y bachau i gyd yn cysylltu â'i gilydd i greu un gadwyn hir . . . mil o Gnedwyr . . . pob un yn cysylltu â'i gilydd ac yn troi o gwmpas yn yr awyr i wneud cadwyn o Gnedwyr hanner milltir o hyd, neu ragor! Ac roedd y Cned ar flaen y gadwyn (nad oedd ei fachyn blaen wedi'i fachu wrth unrhyw beth arall, wrth gwrs) yn eu harwain nhw mewn cylch llydan ac yn dod ar frys tuag at yr Esgynnydd Mawr Gwydr.

'Hei!' gwaeddodd Tad-cu Joe. 'Maen nhw'n mynd i fachu wrth y bwystfil hwn sydd wedi clymu ei hunan amdanon ni!'

'A byddan nhw'n ein tynnu ni i ffwrdd!' gwaeddodd Charlie.

'I'r blaned Fermes,' ebychodd Mam-gu Josephine. 'Un deg wyth mil pedwar cant a dau ddeg saith miliwn o filltiroedd oddi yma!'

'Chân nhw ddim gwneud hynny!' gwaeddodd Mr Wonka. '*Ni* sy'n gwneud y gwaith tynnu fan hyn!'

'Maen nhw'n mynd i gysylltu â'i gilydd, Mr Wonka!' meddai Charlie. 'Ydyn, yn wir! Allwn ni mo'u hatal nhw? Maen nhw'n mynd i'n tynnu ni i ffwrdd ac maen nhw'n mynd i dynnu'r bobl ry'n ni'n eu tynnu hefyd!'

'Gwna rywbeth, yr hen ffŵl!' sgrechiodd Mam-gu Georgina. 'Paid â hofran fan 'na'n edrych arnyn nhw!'

'Mae'n rhaid i mi gyfaddef,' meddai Mr Wonka, 'fy mod i, am y tro cyntaf yn fy mywyd, heb lawer o syniad beth i'w wneud.'

Syllodd pawb mewn arswyd drwy'r gwydr ar y gadwyn hir o Gnedwyr Mileinig. Roedd arweinydd y gadwyn yn dod yn nes ac yn nes. Roedd y bachyn, a dau lygad mawr cas arno, allan yn barod. Mewn tri deg eiliad byddai'n cysylltu â bachyn y Cned oedd wedi'i lapio o gwmpas yr Esgynnydd.

'Dwi eisiau mynd adref!' llefodd Mam-gu Josephine. 'Pam na allwn ni i gyd fynd adref?'

'Cwrcathod cynddeiriog!' llefodd Mr Wonka. '*Adref* yw'r gair cywir! Beth yn y byd sy'n bod arna i! Dere, Charlie! Glou! *I lawr at y ddaear!* Cymera di'r botwm melyn! Gwasga fe nerth dy fysedd! Fe ofala i am y rhain!' Hedfanodd Charlie a Mr Wonka at y botymau, yn llythrennol. 'Daliwch eich dwylo!' gwaeddodd Mr Wonka. 'Cydiwch yn eich coesau! Ry'n ni'n mynd i lawr!'

Dechreuodd roced i danio allan o'r Esgynnydd o bob ochr. Dyma fe'n pwyso i un ochr ac yn gwegian nes gwneud i bawb deimlo'n sâl ac yna plymiodd am i lawr i atmosffer y Ddaear ar gyflymder hollol ryfeddol. '*Yr ôl-rocedi!*' bloeddiodd Mr Wonka. 'Rhaid i mi beidio ag anghofio tanio'r ôl-rocedi!' Hedfanodd draw at gyfres arall o fotymau a dechrau chwarae arnyn nhw fel piano.

Nawr roedd yr Esgynnydd yn gwibio i lawr wysg ei ben, ben i waered, a'r teithwyr yn hofran ben i waered hefyd. 'Help!' sgrechiodd Mam-gu Georgina. 'Mae'r gwaed i gyd yn mynd i'm pen i!'

'Wel trowch eich hunan y ffordd arall 'te,' meddai Mr Wonka. 'Mae hynny'n ddigon syml, on'd yw e?'

Bu pawb yn chwythu ac yn pwffian ac yn troi'n bendramwnwgl yn yr awyr nes o'r diwedd roedden nhw â'u pennau i fyny. 'Sut mae'r rhaff dynnu'n dal, Tad-cu?' galwodd Mr Wonka.

'Maen nhw gyda ni o hyd, Mr Wonka, syr! Mae'r rhaff yn dal yn dda!'

Roedd hi'n olygfa ryfeddol – yr Esgynnydd Gwydr yn gwibio i lawr tua'r Ddaear a'r Capsiwl Teithio'n cael ei dynnu'r tu ôl iddo. Ond roedd y gadwyn o Gnedwyr yn dod ar eu holau nhw, yn eu dilyn i lawr, yn dal i fyny â nhw'n hawdd, a nawr roedd bachyn y Cned cyntaf yn y gadwyn yn ymestyn ac yn ceisio cydio wrth y bachyn roedd y Cned ar yr Esgynnydd wedi'i wneud!

'Ry'n ni'n rhy hwyr!' sgrechiodd Mam-gu Georgina. 'Maen nhw'n mynd i gysylltu â'n tynnu ni 'nôl!'

'Dwi ddim yn meddwl hynny,' meddai Mr Wonka. 'Dydych chi ddim yn cofio beth sy'n digwydd pan fydd Cned yn mynd i mewn i atmosffer y Ddaear ar gyflymder uchel? Mae e'n mynd yn goch eirias. Mae e'n llosgi'n ddim. Mae e'n dod yn Gned gwib. Cyn hir bydd y bwystfilod brwnt hyn yn dechrau popian fel popgorn!'

Wrth iddyn nhw wibio i lawr o hyd, dechreuodd gwreichion dasgu oddi ar ochrau'r Esgynnydd. Tywynnodd y gwydr yn binc, yna'n goch, yna'n ysgarlad. Hefyd dechreuodd gwreichion hedfan ar y gadwyn hir o Gnedwyr, a dechreuodd y Cned cyntaf yn y gadwyn ddisgleirio fel pocer coch poeth. A'r lleill hefyd. A'r bwystfil mawr seimllyd oedd wedi'i lapio o gwmpas yr Esgynnydd ei hun. Roedd hwn, mewn gwirionedd, yn ceisio dadlapio ei hunan yn wyllt er mwyn dianc, ond roedd e'n ei chael hi'n anodd datod y cwlwm ac, ymhen deg eiliad arall, dechreuodd hisian. Y tu mewn i'r Esgynnydd gallen nhw ei glywed e'n hisian. Roedd e'n gwneud sŵn fel bacwn yn ffrio. Ac roedd yr un math o beth yn union yn digwydd i'r mil o Gnedwyr eraill yn y gadwyn. Roedd y gwres anhygoel yn gwneud iddyn nhw hisian i gyd. Roedden nhw'n chwilboeth – pob un ohonyn nhw. Yna'n sydyn, aethon nhw'n eirias gan daflu goleuni gwyn llachar.

'Cnedwyr gwib ydyn nhw!' gwaeddodd Charlie.

'Am olygfa wych,' meddai Mr Wonka. 'Mae hi'n well na thân gwyllt.'

Mewn ychydig o eiliadau eto, roedd y Cnedwyr wedi chwythu i ffwrdd mewn cwmwl o lwch ac roedd popeth ar ben. 'Ry'n ni wedi llwyddo!' gwaeddodd Mr Wonka. 'Maen nhw wedi cael eu rhostio'n grimp!

Maen nhw wedi cael eu llosgi'n llwch! Ry'n ni wedi cael ein hachub!'

'Beth ry'ch chi'n feddwl, wedi cael ein hachub?' meddai Mam-gu Josephine. 'Fe gawn ni ein ffrio ein hunain os aiff hyn ymlaen am lawer rhagor! Fe gawn ni ein coginio fel stêcs eidion ar farbeciw! Edrychwch ar y gwydr 'na! Mae e'n boethach na phesgig!'

'Peidiwch â phoeni, wraig annwyl,' atebodd Mr Wonka. 'Mae fy Esgynnydd wedi'i dymheru, wedi'i wyntyllu, wedi'i awyru, ac wedi'i awtomeiddio ym mhob ffordd bosibl. Fe fyddwn ni'n iawn nawr.'

'Does dim syniad gen i beth sydd wedi bod yn digwydd,' meddai Mrs Bucket, gan siarad am unwaith. 'Ond beth bynnag yw e, dwi ddim yn ei hoffi e.'

'Dwyt ti ddim yn mwynhau, Mam?' gofynnodd Charlie iddi.

'Nac ydw,' meddai. 'Dwi ddim yn mwynhau. Na dy dad chwaith.'

'Am olygfa wych yw hi!' meddai Mr Wonka. 'Edrych ar y Ddaear lawr fan 'na, Charlie, yn dod yn fwy ac yn fwy!'

'A ninnau'n mynd i gwrdd â hi ar ddwy fil o filltiroedd yr awr!' cwynodd Mam-gu Georgina. 'Sut ry'ch chi'n mynd i arafu, er mwyn popeth? Feddylioch chi ddim am hynny, do fe?'

'Mae parasiwtiau ganddo fe,' meddai Charlie wrthi. 'Fe fentra i fod ganddo fe barasiwtiau mawr sy'n agor yn union cyn i ni daro'r ddaear.'

'*Parasiwtiau!*' meddai Mr Wonka yn llawn dirmyg. 'Dim ond pethau i ofodwyr a babis mawr yw parasiwtiau! A beth bynnag, dydyn ni ddim eisiau *arafu.* Ry'n ni eisiau *cyflymu.* Dwi wedi dweud wrthoch chi'n barod fod angen i ni fod yn mynd ar gyflymder cwbl ryfeddol pan fyddwn ni'n taro'r ddaear. Fel arall fyddwn ni byth yn gallu pwnio ein ffordd i mewn drwy do'r Ffatri Siocled.'

'Beth am y Capsiwl Teithio?' gofynnodd Charlie'n bryderus.

'Fe fyddwn ni'n eu gadael nhw i fynd mewn ychydig o eiliadau nawr,' atebodd Mr Wonka. 'Mae *ganddyn* nhw barasiwtiau – tri ohonyn nhw – i'w harafu ar y darn olaf.'

'Sut ry'ch chi'n gwybod na wnawn ni lanio yn y Cefnfor Tawel?' meddai Mam-gu Josephine.

'Dydw i ddim,' meddai Mr Wonka. 'Ond ry'n ni i gyd yn gallu nofio, on'd ydyn ni?'

'Mae'r dyn 'ma,' gwaeddodd Mam-gu Josephine, 'fel pen meipen!'

'Mae e fel pen dafad!' gwaeddodd Mam-gu Georgina.

I lawr ac i lawr y plymiodd yr Esgynnydd Mawr Gwydr. Daeth y Ddaear oddi tano'n nes ac yn nes. Rhuthrodd cefnforoedd a chyfandiroedd i fyny i gwrdd â nhw, gan fynd yn fwy bob eiliad . . .

'Tad-cu Joe, syr! Taflwch y rhaff allan! Gadewch i'r Capsiwl Teithio fynd yn rhydd!' gorchmynnodd Mr Wonka. 'Fe fyddan nhw'n iawn nawr ond bod eu parasiwtiau nhw'n gweithio.'

'Mae'r rhaff wedi mynd!' galwodd Tad-cu Joe, a dyma'r Capsiwl Teithio, oedd ar ei ben ei hunan nawr, yn dechrau siglo i ffwrdd i un ochr. Cododd Charlie ei law ar y tri gofodwr yn y ffenest flaen. Chododd yr un ohonyn nhw ei law 'nôl. Roedden nhw'n dal i eistedd yno'n hollol syfrdan, gan edrych yn gegrwth ar yr hen wragedd a'r hen ddynion a'r bachgen bach oedd yn hofran o gwmpas yn yr Esgynnydd Gwydr.

'Fydd hi ddim yn hir nawr,' meddai Mr Wonka, gan estyn am res o fotymau glas golau pitw bach. 'Fe fyddwn ni'n gwybod cyn hir a ydyn ni'n fyw neu'n farw. Byddwch yn dawel iawn, os gwelwch chi'n dda, am y darn olaf yma. Mae'n rhaid i mi ganolbwyntio'n llwyr, fel arall fe fyddwn ni'n glanio yn y man anghywir.'

Plymion nhw i gymylau mynyddoedd trwchus ac am ddeg eiliad allen nhw weld dim. Pan ddaethon nhw allan o'r cymylau, roedd y Capsiwl Teithio wedi diflannu, ac roedd y Ddaear yn agos iawn, a dim ond ehangder mawr o dir oedd oddi tanyn nhw gyda mynyddoedd a choedwigoedd . . . yna caeau a choed . . . ac yna tref fechan.

'Dyna hi!' gwaeddodd Mr Wonka. 'Fy Ffatri Siocled! Fy Ffatri Siocled annwyl!'

'Ffatri Siocled *Charlie* ry'ch chi'n 'i feddwl,' meddai Tad-cu Joe.

'Wrth *gwrs*!' meddai Mr Wonka, gan droi at Charlie. 'Ro'n i wedi anghofio'n llwyr! Dwi'n ymddiheuro i ti, 'machgen annwyl i! Wrth gwrs mai ti biau hi! A dyma ni'n mynd!'

Drwy lawr gwydr yr Esgynnydd, cafodd Charlie gip sydyn ar do anferth coch a simneiau tal y ffatri enfawr. Roedden nhw'n plymio'n syth i lawr arno.

'Daliwch eich gwynt!' gwaeddodd Mr Wonka. 'Daliwch eich trwynau! Caewch eich gwregysau diogelwch a dwedwch eich pader! Ry'n ni'n mynd drwy'r to!'

12

Yn ôl i'r Ffatri Siocled

Ac yna daeth sŵn pren yn hollti a gwydr wedi torri a thywyllwch bola buwch a'r synau crensian mwyaf ofnadwy wrth i'r Esgynnydd ruthro yn ei flaen o hyd, gan chwalu popeth o'i flaen.

Ar unwaith, daeth y synau crensian i ben ac roedd y daith yn fwy esmwyth a'r Esgynnydd fel petai'n teithio ar ganllawiau neu reiliau, gan droi a throsi fel reid mewn ffair. A phan gyneuodd y goleuadau, sylweddolodd Charlie'n sydyn nad oedd e wedi bod yn hofran o gwbl am yr ychydig eiliadau diwethaf. Roedd e wedi bod yn sefyll ar y llawr, yn union fel arfer. Roedd Mr Wonka ar y llawr hefyd, a Tad-cu Joe a Mr a Mrs Bucket yn ogystal â'r gwely mawr. O ran Mam-gu Josephine, Mam-gu Georgina a Tad-cu George, rhaid eu bod nhw wedi syrthio reit 'nôl ar ben y gwely achos roedd pob un o'r tri ar ei ben e nawr ac yn ymbalfalu eu ffordd o dan y garthen.

'Ry'n ni drwodd!' bloeddiodd Mr Wonka. 'Ry'n ni wedi'i gwneud hi! Ry'n ni i mewn!' Cydiodd Tad-cu Joe yn ei law a dweud, 'Da iawn, syr! Dyna wych! Rhyfeddol yn wir!'

'Ble yn y byd ry'n ni nawr?' meddai Mrs Bucket.

'Ry'n ni 'nôl, Mam!' gwaeddodd Charlie. 'Ry'n ni yn y Ffatri Siocled!'

'Diolch byth am hynny,' meddai Mrs Bucket. 'Ond fe ddaethon ni ar hyd y ffordd hir, on'd do fe?'

'Roedd yn rhaid i ni,' meddai Mr Wonka, 'i osgoi'r traffig.'

'Dwi erioed wedi cwrdd â dyn,' meddai Mam-gu Georgina, 'sy'n siarad cymaint o ddwli pur!'

'Mae ychydig o ddwli, wyddoch chi, yn hwyl i'r dynion doethaf sy,' meddai Mr Wonka.

'Pam na rowch chi ychydig o sylw i ble mae'r Esgynnydd dwl 'ma'n mynd!' gwaeddodd Mam-gu Josephine. 'A pheidiwch â chwarae o gwmpas!'

'Wrth chwarae o gwmpas a chael sbri, ewch chi byth yn hollol ddwlali,' meddai Mr Wonka.

'Beth ddwedais i wrthoch chi!' gwaeddodd Mam-gu Georgina. 'Mae e'n hollol hurt! Dyw e ddim yn

llawn llathen! Mae e'n hanner call a dwl! Mae e'n hanner pan! Dwi eisiau mynd adref!'

'Rhy hwyr,' meddai Mr Wonka. 'Ry'n ni wedi cyrraedd!' Stopiodd yr Esgynnydd. Agorodd y drws ac roedd Charlie unwaith eto'n edrych allan ar yr Ystafell Siocled wych a'r afon siocled a'r rhaeadr siocled, lle roedd popeth yn fwytadwy – y coed, y dail, y borfa, y cerrig mân a'r creigiau hyd yn oed. Ac yno i gwrdd â nhw roedd cannoedd ar gannoedd o Wmpalwmpas pitw bach, pob un yn chwifio'i law ac yn gweiddi hwrê. Roedd hi'n olygfa syfrdanol. Roedd Mam-gu Georgina hyd yn oed wedi cael ei thawelu am rai eiliadau. Ond ddim yn hir. 'Pwy yn y byd yw'r dynion bach rhyfedd 'na?' meddai.

'Wmpalwmpas ydyn nhw,' meddai Charlie wrthi. 'Maen nhw'n wych. Fe fyddi di'n dwlu arnyn nhw.'

'Hisht!' meddai Tad-cu Joe. 'Gwranda, Charlie! Mae'r drymiau'n dechrau! Maen nhw'n mynd i ganu.'

'Haleliwia!' canodd yr Wmpalwmpas.
'O haleliwia, hwrê gwiw!
Wili Wonka sy 'nôl heddiw!
Ro'n ni'n ofni pethau gwael!
Ro'n ni'n ofni i ti ein gadael!
Fe wyddem fod creaduriaid hynod
Lan fry yno yn y gofod.
Ac a glywsom grensian yno
Wrth i rywbeth cas dy lowcio . . . ?'

'O'r gorau!' gwaeddodd Mr Wonka, gan chwerthin a chodi ei ddwy law. 'Diolch i chi am eich croeso! A wnaiff rai ohonoch chi ein helpu ni i gael y gwely 'ma allan o fan hyn!'

Rhedodd pum deg o Wmpalwmpas ymlaen a gwthio'r gwely a'r tri hen berson ynddo allan o'r Esgynnydd. Daeth Mr a Mrs Bucket allan y tu ôl i'r gwely, y ddau yn edrych fel petai'r cyfan yn ormod iddyn nhw. Wedyn daeth Tad-cu Joe, Charlie a Mr Wonka.

'Nawr,' meddai Mr Wonka, gan siarad â Tad-cu George, Mam-gu Georgina a Mam-gu Josephine. 'Allan â chi o'r gwely 'na a gadewch i ni ddechrau arni. Dwi'n siŵr y byddwch chi i gyd eisiau ein helpu ni i redeg y ffatri.'

'Pwy, ni?' meddai Mam-gu Josephine.

'Ie, chi,' meddai Mr Wonka.

'Ry'ch chi'n tynnu fy nghoes i,' meddai Mam-gu Georgina.

'Dwi byth yn tynnu coes neb,' meddai Mr Wonka.

'Nawr gwrandewch arna i, syr!' meddai Tad-cu George, gan godi ar ei eistedd yn y gwely. 'Ry'ch chi wedi ein harwain ni i ddigon o helynt a thrybini am un diwrnod!'

'Ac fe ges i chi allan ohonyn nhw hefyd,' meddai Mr Wonka'n falch. 'A dwi'n mynd i'ch cael chi allan o'r gwely 'na hefyd, fe gewch chi weld!'

13

Sut Cafodd Wonka-Feit ei Ddyfeisio

'Dwi ddim wedi bod allan o'r gwely 'ma ers ugain mlynedd a dwi ddim yn mynd i ddod allan i neb nawr!' meddai Mam-gu Josephine yn bendant.

'Na finnau,' meddai Mam-gu Georgina.

'Ro'ch chi allan ohono fe nawr – pob un ohonoch chi,' meddai Mr Wonka.

'Hofran oedd hynny,' meddai Tad-cu George. 'Allen ni wneud dim am y peth.'

'Dy'n ni byth yn rhoi ein traed ar y ddaear,' meddai Mam-gu Josephine.

'Triwch e,' meddai Mr Wonka. 'Efallai y synnwch chi eich hunan.'

'Dere, Josie,' meddai Tad-cu Joe. 'Rho gynnig arni. Dyna wnes i. Roedd e'n hawdd.'

'Ry'n ni'n hollol gyfforddus lle rydyn ni, diolch yn fawr iawn,' meddai Mam-gu Josephine.

Ochneidiodd Mr Wonka ac ysgwyd ei ben yn araf ac yn drist iawn. 'O wel,' meddai, 'felly dyna ni.' Gorffwysodd ei ben ar un ochr a syllu'n feddylgar ar y tri hen berson yn y gwely, a dyma Charlie, a oedd yn ei wylio'n ofalus, yn gweld bod ei lygaid bach disglair yn dechrau tanio a disgleirio unwaith eto.

Ha-ha, meddyliodd Charlie. Beth sy'n dod nawr?

'Mae'n debyg,' meddai Mr Wonka, gan roi blaen un bys ar flaen ei drwyn a'i wasgu'n ysgafn. 'Mae'n debyg . . . gan fod hwn yn achos arbennig iawn . . . mae'n debyg y *gallwn* ni sbario rhyw damaid bach iawn o . . .' Stopiodd ac ysgwyd ei ben.

'Rhyw damaid bach iawn o beth?' meddai Mam-gu Josephine yn swta.

'Na,' meddai Mr Wonka. 'Does dim pwynt. Mae'n ymddangos eich bod chi wedi penderfynu aros yn y gwely 'na beth bynnag a ddigwyddo. A ta beth, mae'r stwff yn llawer rhy werthfawr i'w wastraffu. Dwi'n difaru sôn amdano fe.' Dechreuodd gerdded i ffwrdd.

'Hei!' gwaeddodd Mam-gu Georgina. 'Allwch chi ddim dechrau rhywbeth a pheidio â bwrw ymlaen ag e wedyn! *Beth* sy'n rhy werthfawr i'w wastraffu?'

Stopiodd Mr Wonka. Yn araf, trodd ar ei sawdl. Edrychodd yn hir a chraff ar y tri hen berson yn y gwely. Edrychon nhw 'nôl arno fe, gan aros. Ddwedodd e ddim byd am ychydig eto, fel eu bod nhw'n mynd yn fwy chwilfrydig. Safodd yr Wmpalwmpas yn hollol stond y tu ôl iddo, gan wylio.

'Beth yw'r peth 'ma ry'ch chi'n siarad amdano?' meddai Mam-gu Georgina.

'Dewch, er mwyn y nefoedd!' gofynnodd Mam-gu Josephine.

'O'r gorau,' meddai Mr Wonka o'r diwedd. 'Fe ddweda i wrthoch chi. A gwrandewch yn ofalus oherwydd fe allai hyn newid eich bywydau i gyd. Fe allai eich newid *chi* hyd yn oed.'

'Dwi ddim eisiau cael fy *newid*!' gwaeddodd Mam-gu Georgina.

'Gaf i fwrw ymlaen, madam? Diolch. Yn ddiweddar, ro'n i'n chwarae o gwmpas yn fy Ystafell Ddyfeisio, gan droi a chymysgu pethau fel y bydda i'n gwneud bob prynhawn am bedwar o'r gloch, pan sylweddolais i'n sydyn fy mod i wedi gwneud rhywbeth oedd yn edrych yn anarferol iawn. Roedd y peth 'ma ro'n i wedi'i wneud yn newid ei liw o hyd wrth imi edrych arno, a bob hyn a hyn roedd e'n rhoi naid fach, roedd e wir yn neidio yn yr awyr, fel petai'n fyw. *"Beth yn y byd yw hwn?"* gwaeddais, ac fe es i ag e ar frys i'r Ystafell Brofi a rhoi peth i'r Wmpalwmpa oedd ar ddyletswydd yno ar y pryd. Fe gafodd effaith yn syth! Roedd e'n syfrdanol! Roedd e'n anhygoel! Roedd e hefyd braidd yn anffodus.'

'Beth ddigwyddodd?' meddai Mam-gu Georgina, gan godi ar ei heistedd.

'Beth, yn wir,' meddai Mr Wonka.

'Atebwch ei chwestiwn hi,' meddai Mam-gu Josephine. 'Beth ddigwyddodd i'r Wmpalwmpa?'

'A,' meddai Mr Wonka, 'ie . . . wel . . . does dim pwynt codi pais ar ôl piso, oes e? Fe sylweddolais, chi'n gweld, fy mod i wedi dod ar draws fitamin newydd a hynod bwerus, ac fe wyddwn i hefyd petawn i ond yn gallu ei wneud yn ddiogel, petawn i'n gallu ei atal rhag gwneud i'r lleill yr hyn a wnaeth e i'r Wmpalwmpa 'na . . .'

'Beth *wnaeth* e i'r Wmpalwmpa 'na?' meddai Mam-gu Georgina'n grac.

'Po hynaf dwi'n mynd, mwyaf byddar yr ydw i,' meddai Mr Wonka. 'A fyddech chi cystal â chodi eich llais fymryn y tro nesa? Diolch yn fawr. Nawr 'te. Roedd yn *rhaid* i mi ddod o hyd i ffordd o wneud i'r stwff 'ma fod yn ddiogel, fel y gallai pobl ei gymryd heb . . . y . . .'

'Heb *beth?*' meddai Mam-gu Georgina'n swta.

'Heb goes i sefyll arni,' meddai Mr Wonka. 'Felly dyma fi'n torchi fy llewys a mynd ati i weithio unwaith eto yn yr Ystafell Ddyfeisio. Fe fues i'n cymysgu a chymysgu. Mae'n rhaid 'mod i wedi rhoi cynnig ar bob cymysgedd dan haul. Gyda llaw, mae twll bach yn un o waliau'r Ystafell Ddyfeisio sy'n cysylltu'n uniongyrchol â'r Ystafell Brofi'r drws nesaf, felly ro'n i'n gallu pasio pethau drwodd drwy'r amser i'w profi gan ba wirfoddolwr bynnag oedd yn digwydd bod ar ddyletswydd. Wel, roedd yr ychydig wythnosau cyntaf yn ddigon digalon a siaradwn ni ddim amdanyn nhw. Yn lle hynny, gadewch i mi ddweud wrthoch chi beth ddigwyddodd ar ddiwrnod cant tri deg dau fy llafur. Y bore hwnnw, ro'n i wedi newid y cymysgedd yn llwyr, a'r tro hwn doedd y bilsen fach ro'n i wedi'i chynhyrchu ar y diwedd ddim hanner mor fywiog nac mor fyw ag roedd y lleill wedi bod. Roedd hi'n newid ei lliw o hyd, oedd, ond dim ond o felyn lemwn i las, ac yna 'nôl yn felyn eto. A phan ro'n i'n ei rhoi ar gledr fy llaw, doedd hi ddim yn neidio o gwmpas fel sioncyn y gwair. Dim ond crynu roedd hi, a dim ond mymryn bach.

'Rhedais at y twll yn y wal oedd yn arwain i'r Ystafell Brofi. Roedd Wmpalwmpa hen iawn ar

ddyletswydd yno'r bore hwnnw. Roedd e'n hen foi bach moel, crychlyd, heb ddannedd. Roedd e mewn cadair olwyn. Roedd e wedi bod yn y gadair olwyn am o leiaf bymtheng mlynedd.

'"Dyma brawf rhif cant tri deg dau!" meddwn i, gan ysgrifennu mewn sialc ar y bwrdd.

'Fe roddais y bilsen iddo. Fe edrychodd e arni'n nerfus. Allwn i mo'i feio fe am deimlo ychydig yn ofnus ar ôl yr hyn oedd wedi digwydd i'r cant tri deg un gwirfoddolwr arall.'

'Beth *oedd* wedi digwydd iddyn nhw?' gwaeddodd Mam-gu Georgina. 'Pam na atebwch chi'r cwestiwn yn lle llithro o'i gwmpas e ar ddwy olwyn?'

'Pwy a ŵyr sut mae dianc o gŵyr?' meddai Mr Wonka. 'Felly dyma'r hen Wmpalwmpa dewr 'ma'n cymryd y bilsen, a chyda help ychydig o ddŵr, yn ei lyncu. Ac yna, yn sydyn, digwyddodd y peth rhyfeddaf. O flaen fy llygaid, dechreuodd newidiadau bach rhyfedd ddigwydd yn y ffordd roedd e'n edrych. Eiliad ynghynt, roedd e wedi bod fwy neu lai'n foel, gyda rhimyn o wallt gwyn fel yr eira o gwmpas ymylon a chefn ei ben. Ond nawr roedd y rhimyn o wallt gwyn yn troi'n aur a dros ei ben i gyd roedd gwallt aur newydd yn dechrau egino, fel gwair. Mewn llai na hanner munud roedd e wedi tyfu cnwd newydd gwych o wallt aur hir. Ar yr un pryd, dechreuodd llawer o'r crychau ddiflannu o'i wyneb, dim pob un ohonyn nhw, ond tua eu hanner – digon i wneud iddo edrych yn llawer ifancach, a rhaid bod hyn i gyd wedi rhoi teimlad gogleisiol braf iddo fe achos fe ddechreuodd e

120

wenu arna i, yna fe wnaeth e chwerthin, a chyn gynted ag yr agorodd ei geg, fe welais yr olygfa fwyaf rhyfeddol o'r cyfan. Roedd dannedd yn tyfu allan o'r hen geg heb ddannedd, dannedd gwyn da, ac roedden nhw'n codi mor gyflym fel y gallwn i eu gweld nhw'n tyfu'n fwy ac yn fwy.

'Roeddwn i'n rhy syfrdan i siarad. Dim ond edrych wnes i a 'mhen yn gwthio allan drwy'r twll yn y wal, gan syllu ar yr Wmpalwmpa bach. Fe welais i fe'n codi ei hunan yn araf allan o'i gadair olwyn. Fe roddodd ei goesau ar y llawr yn ofalus. Fe safodd ar ei draed. Fe gerddodd gam neu ddau. Yna edrychodd i fyny arna i ac roedd ei wyneb yn loyw. Roedd ei lygaid yn enfawr ac yn llachar fel dwy seren.

'"Edrychwch arna i," meddai'n dawel. "Dwi'n cerdded! Mae hyn yn wyrth!"

'"Wonka-Feit yw e!" meddwn i. "Yr adnewyddwr mawr. Mae e'n eich gwneud chi'n ifanc eto. Pa mor hen ry'ch chi'n teimlo nawr?"

'Fe feddyliodd yn ofalus am y cwestiwn hwn, yna meddai, "Dwi'n teimlo bron yn union fel ro'n i'n teimlo pan o'n i'n hanner cant oed."

'"Pa mor hen oeddech chi gynnau fach, cyn i chi gymryd y Wonka-Feit?" gofynnais iddo.

'"Saith deg o'n i ddiwethaf," atebodd.

'"Felly," meddwn i, "mae e wedi eich gwneud chi ugain mlynedd yn iau."

"Mae e wedi, mae e wedi!" gwaeddodd, yn amlwg wrth ei fodd. "Dwi'n teimlo'n fywiog fel llyffant y gwair!"

'"Ddim yn ddigon bywiog," meddwn wrtho. "Mae hanner cant yn dal i fod yn eithaf hen. Gadewch i mi weld a alla i eich helpu chi ychydig yn fwy. Arhoswch lle rydych chi. Fe fydda i 'nôl mewn chwinciad."

'Fe redais at y fainc lle ro'n i'n gweithio a dechrau gwneud un bilsen arall o Wonka-Feit, gan ddefnydd-io'r un cymysgedd yn union fel o'r blaen.

'"Llyncwch hon," meddwn i, gan roi'r ail bilsen drwy'r twll. Doedd dim oedi'r tro hwn. Fe roddodd e hi yn ei geg yn awyddus ac yfed diod o ddŵr ar ei hôl. Ac yn wir, o fewn hanner munud, roedd ugain mlynedd arall wedi cwympo oddi ar ei wyneb a'i gorff ac roedd e bellach yn Wmpalwmpa ifanc tenau a sionc, yn dri deg oed. Fe roddodd waedd o lawenydd a dechrau dawnsio o gwmpas yr ystafell, gan lamu'n uchel yn yr awyr a glanio ar flaenau ei draed. "Ydych chi'n hapus?" gofynnais iddo.

'"Dwi wrth fy modd!" gwaeddodd, gan neidio i fyny ac i lawr. "Dwi'n hapus fel ceffyl mewn cae

gwair!" Fe redodd allan o'r Ystafell Brofi er mwyn dangos ei hunan i'w deulu a'i ffrindiau.

'Felly y cafodd Wonka-Feit ei ddyfeisio!' meddai Mr Wonka. 'Ac felly y cafodd ei wneud yn ddiogel i bawb ei ddefnyddio!'

'Pam na ddefnyddiwch chi fe eich hunan, 'te?' meddai Mam-gu Georgina. 'Fe ddwedoch chi wrth Charlie eich bod chi'n mynd yn rhy hen i redeg ffatri, felly pam na chymerwch chi bilsen neu ddwy i fod deugain mlynedd yn ifancach? Dwedwch hynny wrtha i?'

'Fe all unrhyw un ofyn cwestiynau,' meddai Mr Wonka. 'Yr atebion sy'n cyfrif. Nawr 'te, petai'r tri ohonoch chi yn y gwely'n hoffi trio dos . . .'

'Un funud fach!' meddai Mam-gu Josephine, gan godi ar ei heistedd. 'Yn gyntaf fe hoffwn i gael gweld yr Wmpalwmpa saith deg oed yma sydd nawr yn dri deg oed!'

Rhoddodd Mr Wonka glec â'i fysedd. Rhedodd Wmpalwmpa pitw bach, oedd yn edrych yn ifanc a bywiog, allan o'r dyrfa a rhoi dawns fach ryfeddol o flaen y tri hen berson yn y gwely mawr. 'Bythefnos 'nôl, roedd e'n saith deg oed ac mewn cadair olwyn!' meddai Mr Wonka'n falch. 'Ac edrychwch arno fe nawr!'

'Y drymiau, Charlie!' meddai Tad-cu Joe. 'Gwranda! Maen nhw'n dechrau eto!'

I lawr yn bell ar lan yr afon siocled, gallai Charlie weld band yr Wmpalwmpas yn dechrau chwarae unwaith eto. Roedd ugain Wmpalwmpa yn y band – pob un â drwm enfawr oedd ddwywaith mor dal â'i hunan, ac roedden nhw'n curo rhythm rhyfedd ac araf a wnaeth i'r cannoedd eraill o Wmpalwmpas symud a siglo o'r naill ochr i'r llall mewn rhyw fath o freuddwyd. Wedyn dechreuon nhw ganu:

'Os ydych chi'n hen, yn crynu ac yn ysgwyd,
Os yw eich esgyrn chi'n boenus i gyd,
Os mai prin ry'ch chi'n gallu cerdded,
Os yw bywyd yn fwrn ac yn galed,
Os ydych chi'n boendod ac yn llawn o sbeit,
Os ydych chi'n dipyn o baraseit,
YR HYN SYDD EI ANGEN YW WONKA-FEIT!
Bydd eich llygaid yn disgleirio, a'ch gwallt yn tyfu,
Bydd eich wyneb a'ch croen i gyd yn tywynnu,

Bydd eich dannedd pwdr yn syrthio allan
A daw dannedd newydd yn eu lle i sbecian.
Bydd y rholiau o fraster sydd am eich cluniau'n
Diflannu, a bydd eich hen wefusau'n
Mynd mor feddal ac fel rhosyn o binc
Fel bydd y bechgyn i gyd yn rhoi winc
Ac yn sibrwd yn dawel mai dyma'r ferch
Maen nhw eisiau'i chusanu, yn wrthrych eu serch!
Ond arhoswch! Nid dyna'r peth pwysicaf sydd
I ni ymffrostio amdano o ddydd i ddydd.
Fe fyddwch chi'n hardd, fe ddwedon ni hynny,
Ond nid harddwch yw'r peth pwysicaf sy.
Bydd pob pilsen yn rhoi, i ddyn neu i fenyw,
UGAIN MLYNEDD ETO I CHI GAEL BYW!
Felly dewch, 'rhen ffrindiau, i wneud 'rhyn sy'n iawn!
A gwnewch eich bywydau yn hyfryd o lawn!
Cymerwch ddos o'r stwff 'ma sy'n wyrthiol!
Y cymysgedd nefolaidd sy'n arbennig o hudol!
Ewch chi byth o chwith, gnewch yr hyn sy'n reit!
GYDA PHILS WILI WONKA, IE, WONKA-FEIT!'

14

Rysáit Wonka-Feit

'Dyma fe!' gwaeddodd Mr Wonka, gan sefyll wrth
ben y gwely a dal potel fach i fyny yn ei law. 'Y botel
fwyaf gwerthfawr o bils yn y byd! A dyna, gyda llaw,'
meddai, gan edrych yn eofn ar Mam-gu Georgina,
'pam nad ydw i wedi cymryd unrhyw un fy hunan.
Maen nhw'n llawer rhy werthfawr i'w gwastraffu
arna i.'

Daliodd y botel allan uwchben y gwely. Cododd y
tri hen berson i fyny ac ymestyn eu gyddfau crych-
lyd, gan geisio cael cip ar y pils y tu mewn iddi.
Symudodd Charlie a Tad-cu Joe yn agosach i edrych
ar y botel hefyd. A Mr a Mrs Bucket. Meddai'r label:

WONKA-FEIT

Bydd pob pilsen yn eich gwneud chi 20 mlynedd yn union yn IFANCACH

GOFAL!

Peidiwch â chymryd mwy na'r dos sy'n cael ei hargymell gan

Mr Wonka

Gallen nhw i gyd weld y pils drwy'r gwydr. Roedden
nhw'n felyn llachar, yn disgleirio ac yn symud y tu
mewn i'r botel. Efallai mai dirgrynu yw'r gair gorau

i'w disgrifio. Roedden nhw'n dirgrynu mor gyflym
fel bod pob pilsen yn mynd yn aneglur a doeddet ti
ddim yn gweld ei siâp hi. Dim ond ei lliw hi oedd
i'w weld. Roeddet ti'n cael yr argraff fod rhywbeth
bach iawn ond oedd eto'n anhygoel o bwerus, rhyw-
beth nad oedd yn hollol o'r byd hwn, wedi'i gloi'r
tu mewn iddyn nhw ac yn ymladd i ddod allan.

'Maen nhw'n gwingo,' meddai Mam-gu Georgina.
'Dwi ddim yn hoffi pethau sy'n gwingo. Sut
gwyddon ni na fyddan nhw'n dal ati i wingo y tu
mewn i ni ar ôl i ni eu llyncu nhw? Fel y ffa neidio
'na o Fecsico oedd gan Charlie, y rhai wnes i eu
llyncu ychydig o flynyddoedd yn ôl. Wyt ti'n cofio
hynny, Charlie?'

'Fe ddwedais i wrthot ti am beidio â'u bwyta nhw, Mam-gu.'

'Fe ddalion nhw ati i neidio'r tu mewn i mi am ryw fis,' meddai Mam-gu Georgina. 'Allwn i ddim eistedd yn llonydd!'

'Os ydw i'n mynd i fwyta un o'r pils 'na, dwi eisiau gwybod beth sydd ynddi hi'n gyntaf,' meddai Mam-gu Josephine.

'Dwi ddim yn eich beio chi,' meddai Mr Wonka. 'Ond mae'r rysáit yn gymhleth tu hwnt. Arhoswch funud . . . dwi wedi'i hysgrifennu hi i lawr yn rhywle . . .' Dechreuodd chwilio ym mhocedi ei got gynffon fain. 'Dwi'n gwybod ei bod hi yma yn rhywle,' meddai. 'Alla i byth fod wedi'i cholli hi. Dwi'n cadw fy mhethau mwyaf gwerthfawr a phwysig yn fy mhocedi. Y drafferth yw, mae cymaint ohonyn nhw . . .' Dechreuodd wacáu'r pocedi a rhoi'r cynnwys ar y gwely – catapwlt roedd e wedi'i wneud . . . io-io . . . wy wedi'i ffrio esgus o rwber . . . darn o salami . . . dant wedi'i lenwi . . . bom drewi . . . pecyn o bowdr crafu . . . 'Mae'n rhaid ei bod hi yma, mae'n *rhaid*, mae'n rhaid,' meddai o dan ei wynt o hyd. 'Fe roddais hi i gadw mor ofalus . . . A! *Dyma* hi!' Agorodd ddarn o bapur crychlyd, ei lyfnhau, ei ddal i fyny a dechrau darllen fel hyn:

RYSÁIT I WNEUD WONKA-FEIT

Cymerwch flocyn un dunnell o'r siocled gorau (neu ugain sach o siocled wedi'i dorri, beth bynnag sy hawsaf). Rhowch y siocled mewn crochan mawr iawn a'i doddi dros ffwrnais chwilboeth. Pan fydd wedi toddi, trowch y gwres ychydig yn is fel nad yw'r siocled yn cael ei losgi, ond daliwch ati i'w ferwi. Nawr ychwanegwch y canlynol, yn y drefn isod yn union, gan droi'r cymysgedd yn dda drwy'r amser a gadael i bob eitem hydoddi cyn ychwanegu'r un nesaf:

CARN MANTICOR
TRWNC (A CHAS DILLAD) ELIFFANT
MELYNWY TRI WY CEILIOG GWYNT
DAFADEN ODDI AR DDAFAD
CORN BUWCH (MAE'N RHAID IDDO
   FOD YN GORN SWNLLYD)
CYNFFON FLAEN CEILIOG NEIDR
CHWE OWNS O SAIM O GRAFWR SAIM
   IFANC
DAU FLEWYN O BEN MÔR-FARCH
PIG CORNCHWIGLEN FRONGOCH
CORN O FYS TROED UNCORN
PEDWAR TENTACL PEDROPWS
CAN TROED NEIDR GANTROED
TRWYN TYRCHWR
MAN GENI ODDI AR DDRAIG
CROEN (TENAU) *WHANGDOODLE*
GWYNNWY DEUDDEG WY GWICH Y
   COED
TAIR TROEDFEDD O *SNOZZWANGER*
   (OS NA FEDRWCH CHI GAEL TAIR
   TROEDFEDD, BYDD UN LLATHEN YN
   GWNEUD Y TRO)
AIL ISRADD ABACWS O DDE AMERICA

DANNEDD GWIBER FER (MAE'N RHAID DOD O HYD IDDI O DAN FERFA) UN DARN O RUG (AC EITHIN) ODDI AR RUGIAR

Pan fydd pob un o'r uchod wedi hydoddi'n drwyadl, berwch am ddau ddeg saith niwrnod arall ond peidiwch â'i droi. Ar ddiwedd y cyfnod hwn, bydd yr hylif i gyd wedi anweddu a'r cyfan fydd ar ôl yng ngwaelod y crochan fydd lwmpyn brown caled tua maint pêl-droed. Agorwch hwn â morthwyl a reit yn ei ganol y bydd pilsen fach gron. WONKA-FEIT yw'r bilsen hon.

15

Hwyl Fawr Georgina

Pan oedd Mr Wonka wedi gorffen darllen y rysáit, plygodd y papur yn ofalus a'i roi 'nôl yn ei boced. 'Cymysgedd cymhleth *dros ben*,' meddai. 'Felly doedd hi ddim yn syndod iddi gymryd cymaint o amser i'w gael e'n iawn.' Daliodd y botel yn uchel a rhoi siglad bach iddi ac ysgydwodd y tabledi'n swnllyd y tu mewn iddi, fel gleiniau gwydr. 'Nawr, syr,' meddai, gan gynnig y botel i Tad-cu George yn gyntaf. 'Gymerwch chi un bilsen neu ddwy?'

'Wnewch chi dyngu llw,' meddai Tad-cu George, 'y bydd e'n gwneud yr hyn ry'ch chi'n ei ddweud, a dim byd arall?'

Rhoddodd Mr Wonka ei law rydd ar ei galon. 'Rwy'n addo,' meddai.

Symudodd Charlie ymlaen ychydig. Daeth Tad-cu Joe gyda fe. Roedd y ddau ohonyn nhw bob amser yn cadw'n agos at ei gilydd. 'Esgusodwch fi am ofyn,' meddai Charlie, 'ond ydych chi wir yn gwbl siŵr eich bod chi wedi gwneud y rysáit yn *hollol gywir*?'

'Beth yn y byd sy'n gwneud i ti ofyn cwestiwn rhyfedd fel 'na?' meddai Mr Wonka.

'Ro'n i'n meddwl am y gwm roddoch chi i Violet Beauregarde,' meddai Charlie.

'Felly *dyna* beth sy'n dy boeni di!' gwaeddodd Mr Wonka. 'Ond rwyt ti'n deall, on'd wyt ti, 'machgen annwyl i, na roddais i'r gwm yna i Violet? Mynd ag e heb ganiatâd wnaeth hi. Ac fe waeddais i, "Aros! Paid! Poera fe mas!" Ond chymerodd y ferch ddwl ddim sylw ohono i. Nawr mae Wonka-Feit yn hollol wahanol. Dwi'n *cynnig* y pils 'ma i'th ddwy fam-gu a'th dad-cu. Dwi'n eu *hargymell* nhw. A phan fyddan nhw'n cael eu cymryd drwy ddilyn fy nghyfarwydd-iadau i, maen nhw'n ddiogel fel siwgr candi!'

'Wrth gwrs eu bod nhw!' gwaeddodd Mr Bucket. 'Am beth ry'ch chi'n aros, bawb?' Roedd newid anhygoel wedi dod dros Mr Bucket ers iddo fynd i mewn i'r Ystafell Siocled. Fel arfer roedd e'n berson eithaf ofnus. Ar ôl oes o osod topiau bach ar ben tiwbiau past dannedd, roedd yn ddyn eithaf swil a thawel. Ond roedd gweld y Ffatri Siocled ryfeddol wedi codi ei ysbryd. At hynny, roedd y busnes pils 'ma fel petai wedi rhoi hwb aruthrol iddo. 'Gwrandewch!' gwaeddodd, gan fynd at erchwyn y gwely. 'Mae Mr Wonka'n cynnig bywyd newydd i chi! Bachwch e tra gallwch chi!'

'Mae'n deimlad dymunol dros ben,' meddai Mr Wonka. 'Ac mae'n gyflym iawn. Ry'ch chi'n colli blwyddyn bob eiliad. Mae un flwyddyn yn union yn eich gadael chi bob eiliad sy'n mynd heibio!' Camodd ymlaen a rhoi'r botel bils yn dyner yng nghanol y gwely. 'Felly dyma chi, bobl annwyl,' meddai. 'Helpwch eich hunain!'

'*Felly dewch!*' gwaeddodd yr Wmpalwmpas i gyd gyda'i gilydd.

'Felly dewch, 'rhen ffrindiau, i wneud 'rhyn sy'n
*   iawn!*
A gwnewch eich bywydau yn hyfryd o lawn!
Cymerwch ddos o'r stwff 'ma sy'n wyrthiol!
Y cymysgedd nefolaidd sy'n arbennig o hudol!
Ewch chi byth o chwith, gwnewch yr hyn sy'n reit!
GYDA PHILS WILI WONKA, IE, WONKA-FEIT!'

Roedd hyn yn ormod i'r hen bobl yn y gwely. Neidiodd y tri ohonyn nhw am y botel. Saethodd chwe llaw grebachlyd allan a dechrau ymbalfalu i gael gafael arni. Mam-gu Georgina gafodd hi. Rhochiodd yn fuddugoliaethus a thynnu'r top ac arllwys yr holl bils bach melyn llachar i'r garthen ar ei chôl. Rhoddodd ei dwylo'n gwpan amdanyn nhw fel na allai'r lleill ymestyn a'u cipio nhw. 'O'r gorau!' gwaeddodd yn gyffrous, gan eu cyfrif yn gyflym. 'Mae deuddeg pilsen fan hyn. Dyna chwech i mi a thair yr un i chi!'

'Hei! Dyw hynny ddim yn deg!' meddai Mam-gu Josephine yn groch. 'Pedair yr un i bob un ohonon ni yw hi i fod!'

'Pedair yr un sy'n iawn!' gwaeddodd Tad-cu George. 'Dere, Georgina! Rho fy siâr i mi!'

Cododd Mr Wonka ei ysgwyddau a throi ei gefn arnyn nhw. Roedd e'n casáu cwympo mas. Roedd e'n casáu pan oedd pobl yn mynd yn farus ac yn hunanol. Gad iddyn nhw ymladd ymysg ei gilydd,

133

meddyliodd, a cherdded i ffwrdd. Cerddodd yn araf i lawr tuag at y rhaeadr siocled. Roedd e'n wirionedd trist, meddai wrtho'i hun, fod bron pawb yn y byd yn ymddwyn yn wael pan fydd rhywbeth mawr iawn yn y fantol. Arian yw'r peth maen nhw'n ymladd drosto fwyaf. Ond roedd y pils yma'n werth mwy nag arian. Gallen nhw wneud pethau i ti na allai arian eu gwneud byth. Roedden nhw'n werth o leiaf miliwn doler y bilsen. Roedd e'n adnabod digon o ddynion cyfoethog iawn a fyddai'n fodlon talu hynny er mwyn cael bod ugain mlynedd yn iau. Cyrhaeddodd e lan yr afon, o dan y rhaeadr, a sefyll yno'n syllu ar y siocled tawdd yn byrlymu a thasgu wrth arllwys i lawr. Roedd e wedi gobeithio y byddai sŵn y rhaeadr yn boddi lleisiau'r hen bobl yn dadlau yn y gwely, ond wnaeth e ddim. Hyd yn oed â'i gefn tuag atyn nhw, allai e ddim peidio â chlywed y rhan fwyaf o'u sgwrs nhw.

'Fi gafodd nhw gyntaf!' gwaeddai Mam-gu Georgina. 'Felly fy rhai i ydyn nhw i'w rhannu!'

'O nage, 'te!' meddai Mam-gu Josephine yn uchel ei chloch. 'Nid i ti roddodd e nhw. Fe roddodd e nhw i'r tri ohonon ni!'

'Dwi eisiau fy siâr i a does neb yn mynd i'm rhwystro i rhag eu cael nhw!' bloeddiodd Tad-cu George. 'Dere, fenyw! Rho nhw i fi!'

Yna daeth llais Tad-cu Joe, wrth iddo dorri ar eu traws. 'Peidiwch, ar unwaith!' gorchmynnodd. 'Y tri ohonoch chi! Ry'ch chi'n ymddwyn fel anwariaid!'

'Cadw dy drwyn allan o hyn, Joe, a meindia dy fusnes!' meddai Mam-gu Josephine.

'Nawr bydd yn ofalus, Josie,' aeth Tad-cu Joe yn ei flaen. 'Mae pedair yn ormod i un person beth bynnag.'

'Mae hynny'n iawn,' meddai Charlie. *'Plis,* Mam-gu, pam na chymerwch chi un neu ddwy yr un fel y dwedodd Mr Wonka, ac fe fydd hynny'n gadael rhai i Tad-cu Joe a Mam a Dad.'

'Byddai!' gwaeddodd Mr Bucket. 'Fe fyddwn i wrth fy modd yn cael un!'

'O, oni fyddai hi'n wych,' meddai Mrs Bucket, 'cael bod ugain mlynedd yn iau a chael bod heb draed poenus unwaith eto! Allet ti ddim sbario dim ond un yr un i ni, Mam?'

'Na allaf, mae arna i ofn,' meddai Mam-gu Georgina. 'Mae'r pils yma wedi'u cadw'n arbennig i ni'n tri yn y gwely. Dyna ddwedodd Mr Wonka.'

'Dwi eisiau fy siâr i!' gwaeddodd Tad-cu George. 'Dere, Georgina! Rhanna nhw!'

'Hei, gad fi'n llonydd, y gwalch!' gwaeddodd Mam-gu Georgina. 'Rwyt ti'n fy mrifo i! Ow! . . . O'R GORAU! *O'r gorau!* Fe *rannaf* i nhw os gwnei di roi'r gorau i frifo fy mraich . . . Dyna welliant . . . Dyna bedair i Josephine . . . a phedair i George . . . a phedair i mi.'

'Da iawn,' meddai Tad-cu George. 'Nawr oes dŵr gan unrhyw un?'

Heb droi i edrych, gwyddai Mr Wonka y byddai tri Wmpalwmpa'n rhedeg i'r gwely â thri gwydraid o ddŵr. Roedd Wmpalwmpas bob amser yn barod i helpu. Bu saib am eiliad, ac yna:

'Wel, dyma ni, 'te!' gwaeddodd Tad-cu George.

'Yn ifanc ac yn hardd, dyna sut bydda i!' gwaedd-odd Mam-gu Josephine.

'Hwyl fawr, henaint!' gwaeddodd Mam-gu Georgina. 'Pawb gyda'i gilydd nawr! I lawr y lôn goch!'

Wedyn bu tawelwch. Roedd Mr Wonka bron â marw eisiau troi o gwmpas i edrych arnyn nhw, ond gorfododd ei hun i aros. Drwy gornel un llygad gallai weld criw o Wmpalwmpas, pob un yn sefyll yn stond, a'u llygaid wedi'u hoelio ar y gwely mawr draw wrth yr Esgynnydd. Yna torrodd llais Charlie'r tawelwch. '*Waw!*' meddai gan weiddi. 'Edrych ar *hwnna*! Mae e'n . . . anhygoel!'

'Alla i ddim credu'r peth!' bloeddiai Tad-cu Joe. 'Maen nhw'n mynd yn iau ac yn iau! Ydyn, wir! Ac *edrych* ar wallt Tad-cu George!'

'A'i ddannedd e!' gwaeddodd Charlie. 'Hei, Tad-cu! Ry'ch chi'n cael dannedd gwyn hyfryd unwaith eto!'

'Mam!' gwaeddodd Mrs Bucket ar Mam-gu Georgina. 'O, Mam! Rwyt ti'n hardd! Rwyt ti mor ifanc! Ac *edrych* ar Dad!' aeth hi yn ei blaen, gan bwyntio ar Tad-cu George. 'On'd yw e'n olygus!'

'Sut mae'n teimlo, Josie?' gofynnodd Tad-cu Joe'n gyffrous. 'Dwed wrthon ni sut mae'n teimlo i fod yn dri deg unwaith eto! . . . Aros funud! Rwyt ti'n edrych yn iau na thri deg! Alli di ddim bod diwrnod yn hŷn nag ugain nawr! . . . Ond mae hynny'n ddigon, on'd yw e! . . . Fe fyddwn i'n stopio fan 'na taswn i yn dy le di! Mae ugain yn hen ddigon ifanc! . . .'

Ysgydwodd Mr Wonka ei ben yn drist a rhedeg ei law dros ei lygaid. Petait ti wedi bod yn sefyll yn agos iawn iddo fe, fe fyddet ti wedi'i glywed e'n murmur yn dawel o dan ei wynt, 'Arswyd y byd, dyma ni unwaith eto . . .'

'*Mam!*' gwaeddodd Mrs Bucket, a nawr roedd ei llais yn groch gan ofn. 'Pam na stopiwch chi, Mam! Ry'ch chi'n mynd yn rhy bell! Ry'ch chi'n llawer iau nag ugain! Allwch chi byth â bod yn fwy na phymtheg! . . . Ry'ch chi'n . . . . ry'ch chi'n . . . ry'ch chi'n ddeg . . . *ry'ch chi'n mynd yn llai, Mam!*'

'Josie!' gwaeddodd Tad-cu Joe. 'Hei, Josie! Paid, Josie! Rwyt ti'n mynd yn llai! Merch fach wyt ti! Stopiwch hi, rywun! Glou!'

'Maen nhw *i gyd* yn mynd yn rhy bell!' gwaeddodd Charlie.

'Fe gymeron nhw ormod o ddos,' meddai Mr Bucket.

'Mae Mam yn mynd yn llai'n gynt nag unrhyw un ohonyn nhw!' llefodd Mrs Bucket. '*Mam! Chlywi di mohona i, Mam? Alli di ddim stopio?*'

'Nefoedd wen, on'd yw e'n glou!' meddai Mr Bucket, oedd yn ymddangos fel yr unig un oedd yn mwynhau'r peth. 'Blwyddyn yr eiliad yw hi, hefyd!'

'Ond prin fod unrhyw flynyddoedd gyda nhw ar ôl!' llefodd Tad-cu Joe.

'Dyw Mam ddim yn hŷn na phedair oed nawr!' gwaeddodd Mrs Bucket. 'Mae hi'n dair . . . yn ddwy . . . yn flwydd . . . *Bobol bach!* Beth sy'n digwydd iddi! I ble'r aeth hi? Mam? Georgina? Ble rwyt ti? Mr Wonka! Dewch yn glou! Dewch 'ma, Mr Wonka! Mae rhywbeth dychrynllyd wedi digwydd! Mae rhywbeth wedi mynd o'i le! Mae fy mam druan wedi diflannu!'

Ochneidiodd Mr Wonka a throi, a cherdded yn araf ac yn hollol dawel 'nôl tua'r gwely.

'Ble mae fy mam?' llefodd Mrs Bucket.

'Edrychwch ar Josephine!' gwaeddodd Tad-cu Joe. 'Edrychwch arni! Wir i chi!'

Edrychodd Mr Wonka'n gyntaf ar Mam-gu Josephine. Roedd hi'n eistedd yng nghanol y gwely enfawr, gan grio'n swnllyd. 'Wa! Wa! Wa!' meddai. 'Wa! Wa! Wa! Wa! Wa!'

'Babi sgrechlyd yw hi!' gwaeddodd Tad-cu Joe. 'Mae gen i wraig sy'n fabi sgrechlyd!'

'Tad-cu George yw'r llall!' meddai Mr Bucket, gan wenu'n hapus. 'Yr un sy ychydig yn fwy draw fan 'na, yr un sy'n cropian o gwmpas. Tad fy ngwraig yw e.'

'Ie'n wir! Fy nhad i yw e!' llefodd Mrs Bucket. 'A ble mae Georgina, fy mam druan? Does dim golwg ohoni, Mr Wonka! Does dim sôn amdani yn unman! Fe'i gwelais hi'n mynd yn llai ac yn llai ac yn y diwedd fe aeth hi mor fach fel y diflannodd hi'n llwyr! Dwi eisiau gwybod i ble mae hi wedi *mynd*? A sut yn y byd ry'n ni'n mynd i'w chael hi 'nôl?'

'Foneddigion a boneddigesau!' meddai Mr Wonka, gan ddod yn nes a chodi'i ddwylo i gael tawelwch. '*Plis*, dwi'n ymbil arnoch chi, peidiwch â mynd i banig! Does dim byd i boeni amdano . . .'

'Ry'ch chi'n ei alw e'n ddim byd!' llefodd Mrs Bucket druan. 'A Mam fach wedi mynd i lawr y draen a 'nhad yn faban sy'n llefain . . .'

'Babi hyfryd,' meddai Mr Wonka.

'Dwi'n cytuno'n llwyr,' meddai Mr Bucket.

'Beth am fy Josie i?' gwaeddodd Tad-cu Joe.

'Beth *amdani*?' meddai Mr Wonka.

'Wel . . .'

'Gwelliant mawr, syr,' meddai Mr Wonka, 'on'd 'ych chi'n cytuno?'

'O, ydw!' meddai Tad-cu Joe. 'Hynny yw, NAC YDW! Beth dwi'n ei ddweud? Babi sy'n llefain yw hi!'

'Ond mae hi'n berffaith iach,' meddai Mr Wonka. 'Gaf i ofyn i chi, syr, sawl pilsen gymerodd hi?'

'Pedair,' meddai Tad-cu Joe'n ddiflas. 'Fe gymerodd pawb bedair.'

Gwnaeth Mr Wonka ryw fath o sŵn tagu yn ei wddf a daeth tristwch mawr dros ei wyneb. 'Pam, o pam, na all pobl fod yn fwy rhesymol?' meddai'n drist. 'Pam na wnân nhw *wrando* arna i pan fydda i'n dweud rhywbeth wrthyn nhw? Fe eglurais i'n ofalus iawn ymlaen llaw fod pob pilsen yn gwneud i'r person sy'n ei chymryd fod ugain mlynedd yn union yn iau. Felly, os cymerodd Mam-gu Josephine bedair ohonyn nhw, fe aeth hi'n iau bedwar wedi'i luosi â dau ddeg, sef . . . arhoswch funud nawr . . . pedwar dau yw wyth . . . ychwanegu sero . . . dyna wyth deg . . . felly fe aeth hi wyth deg mlynedd yn iau. Faint oedd oedran eich gwraig, syr, os caf i ofyn, cyn i hyn ddigwydd?'

'Mae hi newydd gael ei phen-blwydd yn wyth deg,' atebodd Tad-cu Joe. 'Roedd hi'n wyth deg a thri mis.'

'Dyna chi, 'te!' gwaeddodd Mr Wonka, gan roi gwên hapus. 'Fe weithiodd y Wonka-Feit yn berffaith! Mae hi nawr yn dri mis oed yn union! A dwi erioed wedi gweld baban mor raenus ac iach!'

'Na finnau,' meddai Mr Bucket. 'Fe fyddai hi'n ennill gwobr mewn unrhyw gystadleuaeth i fabanod.'

'Y wobr *gyntaf*,' meddai Mr Wonka.

'Côd dy galon, Tad-cu,' meddai Charlie, gan gydio yn llaw'r hen ŵr. 'Paid â bod yn drist. Mae hi'n faban hyfryd.'

'Madam,' meddai Mr Wonka, gan droi at Mrs Bucket. 'Faint oedd oedran Tad-cu George, eich tad, os caf i ofyn?'

'Wyth deg un,' llefodd Mrs Bucket. 'Roedd e'n wyth deg un yn union.'

'Felly mae e'n fachgen bach blwydd oed llond ei groen nawr,' meddai Mr Wonka'n hapus.

'Dyna wych!' meddai Mr Bucket wrth ei wraig. 'Ti fydd y person cyntaf yn y byd i newid cewyn ei thad!'

'Fe all e newid ei gewynnau brwnt ei hunan!' meddai Mrs Bucket. 'Yr hyn dwi eisiau gwybod yw *ble mae fy mam*? *Ble mae Mam-gu Georgina*?'

'A-ha,' meddai Mr Wonka. 'O-ho . . . Ie, yn wir . . . Ble o ble'r aeth Georgina? Pa mor hen, os gwelwch yn dda, oedd y ddynes dan sylw?'

'Saith deg wyth,' meddai Mrs Bucket wrtho.

'Wel, wrth *gwrs*!' chwarddodd Mr Wonka. 'Mae hynny'n egluro'r peth!'

'Beth sy'n egluro beth?' meddai Mrs Bucket yn swta.

'Fadam annwyl,' meddai Mr Wonka. 'Os mai dim ond saith deg wyth oedd hi, ac fe gymerodd hi ddigon o Wonka-Feit i wneud iddi fod wyth deg mlynedd yn iau, yna mae hi wedi diflannu, wrth gwrs. Fe gymerodd hi ormod o gegaid! Mae hi wedi tynnu mwy o flynyddoedd nag yr oedd ganddi hi!'

'Eglurwch eich hunan,' meddai Mrs Bucket.

'Rhifyddeg syml,' meddai Mr Wonka. 'Tynnwch wyth deg o saith deg wyth a beth sydd gyda chi?'

'Minws dau!' meddai Charlie.

'Hwrê!' meddai Mr Bucket. 'Mae fy mam-yng-nghyfraith i'n finws dwy flwydd oed!'

'Amhosibl!' meddai Mrs Bucket.

'Mac e'n wir,' meddai Mr Wonka.

'A ble mae hi nawr, gaf i ofyn?' meddai Mrs Bucket.

'Mae hwnna'n gwestiwn da iawn,' meddai Mr Wonka. 'Cwestiwn da iawn. Ydy, yn wir. Ble mae hi nawr?'

'Does dim syniad gyda chi, oes e?'

'Wrth gwrs ei fod e,' meddai Mr Wonka. 'Dwi'n gwybod yn union ble mae hi.'

'Wel, dwedwch wrtha i, 'te!'

'Mae'n rhaid i chi geisio deall,' meddai Mr Wonka, 'os yw hi'n finws dwy flwydd oed nawr, mae'n rhaid iddi ychwanegu dwy flynedd arall cyn y gall hi ddechrau eto o ddim. Mae'n rhaid iddi aros.'

'Ble mae hi'n aros?' meddai Mrs Bucket.

'Yn yr Ystafell Aros, wrth gwrs,' meddai Mr Wonka.

BWM!-BWM! meddai drymiau band yr Wmpa-lwmpas. *BWM-BWM! BWM-BWM!* A dyma'r holl Wmpalwmpas, yr holl gannoedd ohonyn nhw oedd yn sefyll yno yn yr Ystafell Siocled, yn dechrau siglo a hercian a dawnsio i rythm y gerddoriaeth. 'Gyfeillion mwyn!' canon nhw.

'Gyfeillion mwyn! Gyfeillion mwyn!
Dim siarad nawr na phigo'ch trwyn!
Dim hepian yno'n synfyfyriol!
Mae eich iechyd, eich bywyd yn y fantol!
Ho-ho, meddech chi, nid fi mae'n rhaid.
Ha-ha, medden ni, ie, chi, nain a taid.

A glywodd unrhyw un o'ch nifer
Am Goldie Pinklesweet o Dover?
A aeth yn saith mlwydd oed i aros
At ei nain yn Kent am wythnos.
Amser cinio ar ail ddiwrnod
Goldie fach gyda'i nain hynod,

Meddai Nain, "Does dim i'w fwyta,
Felly af i'r dre i siopa."
(Wyddoch chi pam nad oedd hi
Eisiau Goldie yn gwmpeini?
Mae hi'n mynd i'r dafarn leol
I gael dwbl jin yn ddeddfol.)

I ffwrdd â hi heb wneud dim stŵr.
Mae Goldie, ar ôl gwneud yn siŵr
Bod Nain yn mynd i'r dref yn fodlon,
Yn sleifio i'r silff lle mae'r holl foddion.
Yn farus mae hi'n gweld pob un
O'r pils sydd o bob lliw a llun,

144

Mae'r lliwiau'n wych, yn rhoi rhyw ias –
Rhai gwyrdd, rhai pinc, rhai brown, rhai glas.
"Da iawn," medd hi, "un frown gaf gynta."
Mae'n llyncu pilsen lawr i'w chylla.
"Iym, iym!" medd wedyn. "O'r fath sbri!
Mae siocled am bob un, dwi'n sylwi!"
Mae hi'n llowcio pump, mae hi'n llowcio deg,
Mae hi'n stwffio pob un i mewn i'w cheg,
A does dim un ar ôl yn awr.
Mae hi'n codi'n araf bach o'r llawr.
Mae hi'n aros, igian, chwilio am sedd,
Mae hi'n dechrau teimlo braidd yn rhyfedd.

Chi'n gweld, ni wyddai Goldie ddim o gwbl,
Bod ei mam-gu'n cael lot o drwbwl
Drwy fod yn rhwym a braidd yn afiach.
A ddwedodd neb wrth y ferch fach
Ei bod hi'n cymryd pils heb strach
Er mwyn cael mynd i'r hen dŷ bach.
Ac roedd y moddion a oedd ganddi
Yn gwneud iddi 'fynd' heb oedi.
Roedd y rhai pinc, coch, gwyrdd a glas
I gyd yn hynod gryf a chas.
Ond y bilsen fwyaf milain
Oedd pilsen siocled tywyll Nain.
Roedd hon yn ffrwydrol, oedd yn wir.
Roedd hon yn ysgwyd Nain yn glir.
Ac felly dim ond bob chwe mis
Y byddai Nain yn mentro eu dewis.
Felly a oes syndod rŵan
Bod 'rhen Goldie'n teimlo'n simsan?

145

Yn ei bol, daeth rhyw symudiad.
Ac roedd sŵn reit od i'w glywad,
Yna, och, yn ddwfn o'i chrombil,
Daw synau chwyrnu fel anghenfil!
Mae'r sŵn yn rhuo a brygawthan!
Mae'n atsain drwy'r holl stafell fechan!
Mae'r llawr yn siglo, ac o'r muriau
Daw paent a phlastr gwyn yn ddarnau.
Ffrwydro, chwibanu, a hen glecian
Yna daw synau fel rhyw riddfan.
(Fe glywais sôn i'r dyn drws nesa
Ddweud, "Mae storm ar fin dod yma.")
Ond dal i fynd mae'r chwyrnu mawr.
Ffenestri'n cracio, bylbiau ar lawr.
Daliodd Goldie ei bol yn dynn
A dweud, "Beth sydd o'i le fan hyn?"
Roedd hwn, wrth gwrs, yn gwestiwn dwl,
A'i bola bach yn dioddef pwl.
Oni fyddai pawb yn teimlo'n ansad
A'u boliau'n ffrwydro bob dwy eiliad?

Toc wedi dau daeth Nain i'r gegin,
Yn simsan braidd 'rôl yfed jin,
Ond wedyn synnodd hi yn fawr
O weld y botel wag ar lawr.
"Fy mhils tŷ bach!" Ie, dyna a waeddodd
"Dwi'n teimlo'n sâl," y ferch a atebodd.
Ysgydwodd Nain ei phen yn flin.
"Dwi'n synnu dim," medd hi, "nid losin
Ydyn nhw ond pils reit gryfion."
Wedyn aeth i godi'r ffôn

A gweiddi, "Ambiwlans, o dewch!
Mae merch yn sâl! A nawr gwrandewch!
Rhif pum deg, Heol Ffontwel, yno
Dewch yn glou neu bydd hi'n ffrwydro!"

Dwi'n siŵr nad wyt ti eisiau gwybod
Am yr ysbyty a'r pethau hynod
Gas a wnaethon nhw'n llawn pryder
Â phympiau stumog a chylchoedd rwber.
Ond ateb wnaf y cwestiwn chwerw:
A fu Goldie fyw neu a fu hi farw?
Daeth y meddygon o gylch ei gwely
A dweud, "'Chydig o obaith sy.
Mae hi'n mynd, mynd, wedi mynd, mae hi'n farw!"
Gwaeddon nhw, "Mae hi 'di diodde'n arw!"
"Dwi ddim mor siŵr," meddai'r plentyn wedyn
Gan agor ei llygaid yn fawr fel blodyn
Ac ochneidio'n uchel ac ymestyn,
A wincio wnaeth ar yr holl feddygon,
A dweud, "Bydda i'n iawn, dwi'n siŵr, gyfeillion."

Bu Goldie fyw ac yn ôl â hi
I Kent yn gyntaf i dŷ ei mam-gu.
A'i thad a ddaeth yr ail ddiwrnod
I'w nôl mewn Chevrolet reit hynod,
A'i gyrru nôl i'w tŷ yn Dover.
Ond doedd Goldie druan ddim heb bryder.
O gymryd digon o unrhyw beth
Peryglus iawn fel y gwnaeth yr eneth,
Bydd 'chydig bach ohono o hyd
Yn gwrthod mynd o'ch corff mewn pryd.

147

Mae'n ofid mawr i ni gyhoeddi
Mai dyna ffawd ein ffrind 'rhen Goldie.
'Rôl llowcio llond ei bol yn dynn
Nes ei fod yn llawn o'r pils cas hyn,
Fe aethon nhw i'w gwaed a'i hesgyrn,
A'i chromosomau yn ddiderfyn.
Achoson nhw ddiflastod mawr,
A'r broblem oedd gan Goldie nawr
Oedd trio cael gwared ar yr achos.
Ac felly bu'n rhaid iddi aros
Am saith awr bob dydd o'r wythnos
Yn y gwyll sydd mewn tai bach
A hithau'n teimlo'n llai nag iach.
A llefydd diflas yw toiledau
Ar y gorau, yntê, ffrindiau.
Felly cofiwch nawr, cyn edifaru,
Am 'r hyn ddigwyddodd i'r hen Goldie.
Ac o ddifrif, wnewch chi addo,
Na wnewch chi feddwl byth am fentro
I helpu eich hunan i'r holl bethau
Sy ar y silff meddyginiaethau.'

16

Feita-Wonk a Gwlad Minws

'Dwed ti, Charlie 'machgen i,' meddai Mr Wonka.
'Dy ffatri di yw hi. Wnawn ni adael i dy Fam-gu
Georgina aros am y ddwy flynedd nesaf neu a
wnawn ni geisio dod â hi 'nôl yn syth nawr?'

'Felly gallech chi ddod â hi 'nôl, wir?' meddai
Charlie.

'Wnawn ni ddim drwg wrth drio . . . os mai dyna
beth hoffet ti?'

'O ie! Wrth gwrs! Er lles Mam yn arbennig!
Welwch chi ddim pa mor drist yw hi!'

Roedd Mrs Bucket yn eistedd ar erchwyn y gwely
mawr, yn sychu ei llygaid â hances. 'Druan â Mam,'
meddai o hyd ac o hyd. 'Mae hi'n finws dwy flwydd
oed a welaf i mohoni hi eto am fisoedd ar fisoedd –
os o gwbl!' Y tu ôl iddi, roedd Tad-cu Joe, gyda help
Wmpalwmpa, yn bwydo'i wraig dri mis oed, Mam-
gu Josephine, o botel. Wrth eu hymyl, roedd Mr
Bucket yn bwydo rhywbeth o'r enw 'Bwyd Babi
Malws Soeglyd Wonka' â llwy i geg Tad-cu George a
oedd yn flwydd oed, ond roedd y rhan fwyaf yn
mynd dros ei ên a'i frest. 'Gwych!' meddai'n grac o
dan ei wynt. 'Dyna beth diflas diflas yw hyn! Maen

nhw'n dweud wrtha i 'mod i'n mynd i fynd i'r Ffatri Siocled i gael amser da ac yn y pen draw, dwi'n fam i 'nhad-yng-nghyfraith.'

'Mae popeth o dan reolaeth, Charlie,' meddai Mr Wonka, gan edrych ar yr olygfa. 'Maen nhw'n gwneud yn iawn. Does arnyn nhw ddim o'n hangen ni yma. Dere! Dere i chwilio am Mam-gu!' Cydiodd ym mraich Charlie a dawnsio tuag at ddrws agored yr Esgynnydd Mawr Gwydr. 'Brysia, 'machgen annwyl i, brysia!' gwaeddodd. 'Mae'n rhaid i ni fwstro os ydyn ni'n mynd i gyrraedd yno cyn . . .!'

'Cyn *beth*, Mr Wonka?'

'Cyn iddi gael ei thynnu i ffwrdd, wrth gwrs! Mae pob Minws yn cael ei dynnu i ffwrdd! Wyddost ti ddim am rifyddeg o gwbl?'

Roedden nhw yn yr Esgynnydd nawr ac roedd Mr Wonka'n chwilio ymysg y cannoedd o fotymau am yr un roedd e eisiau.

'*Dyma* ni!' meddai, gan osod ei fys yn ysgafn ar fotwm ifori pitw bach oedd â 'GWLAD MINWS' arno.

Llithrodd y drysau ar gau. Ac yna, gyda sŵn chwibanu a chwyrlïo dychrynllyd, neidiodd y peiriant mawr i'r dde. Daliodd Charlie yng nghoesau Mr Wonka a chydio'n dynn am ei fywyd. Tynnodd Mr Wonka sedd allan o'r wal a dweud, 'Eistedd Charlie, glou, a rho wregys yn dynn amdanat! Mae'r daith hon yn mynd i fod yn arw ac yn dymhestlog!' Roedd gwregys bob ochr i'r sedd a chlymodd Charlie ei hunan yn gadarn. Tynnodd Mr Wonka ail sedd allan iddo'i hunan a gwneud yr un fath.

'Ry'n ni'n mynd i lawr yn bell,' meddai. 'O, mor bell i lawr ry'n ni'n mynd.'

Roedd yr Esgynnydd yn cyflymu. Yn troi ac yn trosi. Symudodd yn sydyn i'r chwith, yna i'r dde, yna i'r chwith eto, ac roedd e'n mynd i lawr drwy'r amser – i lawr ac i lawr ac i lawr. 'Dim ond gobeithio,' meddai Mr Wonka, 'nad yw'r Wmpa-lwmpas yn defnyddio'r Esgynnydd arall heddiw.'

'Pa Esgynnydd arall?' gofynnodd Charlie.

'Yr un sy'n mynd i'r cyfeiriad arall ar yr un trac â hwn.'

'Brensiach annwyl, Mr Wonka! Felly gallen ni daro yn ei erbyn e?'

'Dwi wedi bod yn lwcus bob amser hyd yn hyn, 'machgen i . . . Hei! Edrych mas fan 'na! Glou!'

Drwy'r ffenest, cafodd Charlie gip ar rywbeth oedd yn edrych fel chwarel enfawr gyda wyneb craig serth frown, a dros wyneb y graig i gyd roedd cannoedd o Wmpalwmpas yn gweithio â cheibiau a driliau niwmatig.

'Losin roc,' meddai Mr Wonka. 'Dyna'r gloddfa losin roc fwyaf cyfoethog yn y byd.'

Gwibiodd yr Esgynnydd yn ei flaen. 'Ry'n ni'n mynd yn ddyfnach, Charlie. Yn ddyfnach ac yn ddyfnach. Ry'n ni tua dau gan mil troedfedd i lawr yn barod.' Roedd golygfeydd rhyfedd yn fflachio heibio'r tu allan, ond roedd yr Esgynnydd yn teithio ar y fath gyflymder fel mai dim ond weithiau y gallai Charlie adnabod unrhyw beth o gwbl. Unwaith,

meddyliodd iddo weld yn y pcllter glwstwr o dai pitw bach yr un siâp â chwpanau pen i waered, ac roedd strydoedd rhwng y tai ac Wmpalwmpas yn cerdded yn y strydoedd. Dro arall, wrth iddyn nhw basio rhyw fath o wastadedd mawr coch yn frith o bethau oedd yn edrych fel derics olew, gwelodd ffrwd o hylif brown yn tasgu fry i'r awyr allan o'r ddaear. 'Pistyll!' gwaeddodd Mr Wonka, gan guro'i ddwylo. 'Pistyll anferthol o fawr! Dyna wych! Yn union pan oedd ei angen arnom!'

'Beth?' meddai Charlie.

'Ry'n ni wedi taro ar siocled eto, 'machgen i. Fe fydd hwnna'n faes newydd cyfoethog. O, dyna bistyll hardd! Edrych arno fe'n ymarllwys!'

Dyma nhw'n rhuo yn eu blaenau, gan fynd i lawr yn fwy serth nag erioed nawr, a channoedd, cannoedd yn llythrennol, o olygfeydd rhyfeddol yn fflachio heibio'r tu allan drwy'r amser. Roedd olwynion cocos enfawr yn troi a chymysgwyr yn cymysgu a swigod yn byrlymu a pherllannau mawr o afalau taffi a llynnoedd maint caeau pêl-droed yn llawn o hylif glas ac aur a gwyrdd, ac roedd Wmpalwmpas ym mhobman!

'Rwyt ti'n sylweddoli,' meddai Mr Wonka, 'mai cornel fach yn unig o'r sefydliad oedd yr hyn a welaist ti'n gynharach pan est ti o gwmpas y ffatri gyda'r holl blant bach drwg yna. Mae e'n mynd i lawr am filltiroedd lawer. A chyn gynted â phosibl, fe fydda i'n mynd â ti'r holl ffordd o gwmpas yn araf ac yn drylwyr. Ond fe fydd hynny'n cymryd tair wythnos. Mae gennym ni bethau eraill i feddwl amdanyn nhw nawr ac mae gen i bethau pwysig i'w dweud wrthot ti. Gwranda'n ofalus arna i, Charlie. Mae'n rhaid i mi siarad yn gyflym, oherwydd fe fyddwn ni yno mewn ychydig funudau.

'Mae'n debyg dy fod ti wedi dyfalu,' aeth Mr Wonka yn ei flaen, 'beth ddigwyddodd i'r holl Wmpalwmpas yna yn yr Ystafell Brofi pan oeddwn i'n arbrofi â Wonka-Feit. Wrth gwrs dy fod ti wedi. Fe ddiflannon nhw a mynd yn Finwsiaid yn union fel dy Fam-gu Georgina. Roedd y rysáit yn llawer rhy gryf. Aeth un ohonyn nhw'n Finws wyth deg saith! Dychmyga hynny!'

'Felly mae'n rhaid iddo fe aros wyth deg saith mlynedd cyn y gall e ddod 'nôl?' gofynnodd Charlie.

'Dyna oedd yn fy mhoeni i o hyd, 'machgen i. Wedi'r cyfan, all rhywun ddim gadael i ffrindiau gorau rhywun aros yn Finwsiaid diflas am wyth deg saith mlynedd . . .'

'A chael eu tynnu i ffwrdd hefyd,' meddai Charlie. 'Fe fyddai hynny'n arswydus.'

'Wrth gwrs hynny, Charlie. Felly beth wnes i? "Willy Wonka," meddwn wrtha i fy hunan, "os gelli di ddyfeisio Wonka-Feit i wneud pobl yn iau, yna mae'n siŵr y gelli di hefyd ddyfeisio rhywbeth arall i wneud pobl yn hŷn!'"

'A-ha!' gwaeddodd Charlie. 'Dwi'n gweld beth sydd gyda chi. Wedyn fe allech chi droi'r Minwsiaid 'nôl yn gyflym i fod yn Blwsiaid a dod â nhw adref eto.'

'Yn union, 'machgen annwyl i, yn union – gan gymryd, wrth gwrs, y gallwn i *ddod o hyd* i'r man lle roedd y Minwsiaid wedi mynd!'

Plymiodd yr Esgynnydd ymlaen, gan blymio'n serth tuag at grombil y Ddaear. Roedd popeth y tu allan yn ddu nawr. Doedd dim byd i'w weld.

'Felly unwaith eto,' aeth Mr Wonka yn ei flaen, 'fe dorchais fy llewys a bwrw ati i weithio. Unwaith eto gwasgais fy ymennydd, gan chwilio am y rysáit newydd . . . roedd yn rhaid i mi greu *oedran* . . . gwneud pobl yn *hen . . . hen, hŷn, hynaf . . .* "Ha-ha!" gwaeddais, oherwydd roedd y syniadau'n dechrau dod nawr. "Beth yw'r peth byw hynaf yn y byd? Beth sy'n byw'n hirach na phopeth arall?"'

'Coeden,' meddai Charlie.

'Cywir, Charlie! Ond pa fath o goeden? Nid Ffynidwydden Douglas. Nid y Dderwen. Nid y Gedrwydden. Na, na, 'machgen i. Coeden o'r enw'r Binwydden Wrychog sy'n tyfu ar lethrau mynydd Wheeler yn Nevada, UDA. Fe elli di ddod o hyd i Binwydd Gwrychog ar fynydd Wheeler heddiw sydd dros bedair mil o flynyddoedd oed! Mae hyn yn ffaith, Charlie. Gofyn i unrhyw ddendrogronoleg-ydd (a chwilia am y gair yna yn y geiriadur pan

155

gyrhaeddi di adref, wnei di, plis?). Felly dyna sut dechreuais i. Neidiais i mewn i'r Esgynnydd Mawr Gwydr a rhuthro o gwmpas y byd yn casglu eitemau arbennig o'r pethau byw hynaf . . .

    PEINT O SUG O BINWYDDEN
        WRYCHOG 4000 OED
    TORIADAU EWINEDD TRAED
        FFERMWR 168 OED O RWSIA O'R
        ENW PETROVITCH GREGOROVITCH
    WY WEDI'I DDODWY GAN GRWBAN 200
        OED SY'N EIDDO I FRENIN TONGA
    CYNFFON CEFFYL 51 OED YN ARABIA
    WISGERS CATH 36 OED O'R ENW
        CRAMWYTH
    HEN CHWANNEN OEDD WEDI BYW AR
        GRAMWYTH AM 36 MLYNEDD
    CYNFFON LLYGODEN FAWR 207 OED O
        TIBET
    DANNEDD DU GRIMALCIN 97 OED
        SY'N BYW MEWN OGOF AR FYNYDD
        POPOCATEPETL
    MIGYRNAU CATALŴ 700 OED O
        BERIW . . .

. . . Dros y byd i gyd, Charlie, fe ddes i o hyd i anifeiliaid hen a rhai hynafol a chymryd darn pwysig o rywbeth oddi ar bob un ohonyn nhw – blewyn neu ael neu weithiau ddim mwy nag owns neu ddwy o'r jam wedi'i grafu rhwng bysedd ei draed pan oedd e'n cysgu. Des i o hyd i'r MOCHYN RHOCHIOG,

Y BOBOLINC, Y SGROC, Y POLIFROGA, Y CWRLIS ANFERTHOL, Y WLITHEN BIGOG A'R SGWERGLE GWENWYNIG sy'n gallu poeri gwenwyn yn syth i'th lygaid o hanner can llath i ffwrdd ond does dim amser i ddweud popeth amdanyn nhw wrthot ti, Charlie. Gad i mi ddweud yn gyflym fy mod i yn y diwedd, ar ôl llawer o ferwi a ffrwtian a chymysgu a phrofi yn fy Ystafell Ddyfeisio, wedi cynhyrchu un llond cwpanaid o hylif du seimllyd ac wedi rhoi pedwar diferyn ohono i wirfoddolwr Wmpalwmpa dewr ugain oed i weld beth fyddai'n digwydd.'

'Beth ddigwyddodd?' gofynnodd Charlie.

'Roedd e'n wych!' gwaeddodd Mr Wonka. 'Yr eiliad y llyncodd e fe, dechreuodd grychu a chrebachu drosto i gyd a dechreuodd ei wallt syrthio allan a dechreuodd ei ddannedd syrthio allan a, chyn i mi sylweddoli, roedd e wedi mynd yn hen ddyn saith deg pump oed! Ac felly, Charlie annwyl, y cafodd Feita-Wonk ei ddyfeisio!'

'Achuboch chi'r holl Finwsiaid Wmpalwmpa, Mr Wonka?'

'Pob un wan jac ohonyn nhw, 'machgen i! Cant tri deg un ohonyn nhw i gyd! Cofia di, doedd pethau ddim mor hawdd â hynny. Roedd llawer o broblemau a chymhlethdodau ar hyd y ffordd . . . Nefoedd wen! Ry'n ni bron â chyrraedd! Mae'n *rhaid* i mi stopio siarad nawr a gwylio ble ry'n ni'n mynd.'

Sylweddolodd Charlie nad oedd yr Esgynnydd yn rhuthro a rhuo bellach. Prin roedd e'n symud o gwbwl nawr. Roedd e fel petai'n hofran. 'Tynna dy wregysau'n rhydd,' meddai Mr Wonka. 'Mae'n rhaid i ni fod yn barod amdani.' Tynnodd Charlie ei wregysau, sefyll ar ei draed a syllu allan. Roedd hi'n olygfa iasoer. Roedden nhw'n hofran mewn niwlen lwyd drom ac roedd y niwlen yn chwyrlïo ac yn chwibanu o'u cwmpas fel petai'n cael ei gyrru gan wyntoedd o sawl cyfeiriad. Yn y pellter, roedd y niwlen yn dywyllach, bron yn ddu, ac roedd hi fel petai'n chwyrlïo'n fwy ffyrnig nag erioed draw fan 'na. Llithrodd Mr Wonka'r drysau ar agor. 'Saf 'nôl!' meddai. 'Paid â chwympo mas o'r Esgynnydd, Charlie, beth bynnag wnei di!'

Daeth y niwlen i mewn i'r Esgynnydd. Roedd arogl hen a llaith arni fel dwnsiwn tanddaearol. Roedd y tawelwch yn llethol. Doedd dim sŵn o gwbl, dim sibrwd gwynt, dim llais creadur na phryfyn, ac roedd hi'n deimlad rhyfedd a brawychus i Charlie fod yn sefyll yno yng nghanol y dimbydwch llwyd annaearol yma – fel petai mewn byd arall yn llwyr, mewn rhyw fan lle na ddylai dyn fod byth.

'Gwlad Minws!' sibrydodd Mr Wonka. 'Dyma ni, Charlie! Y broblem nawr yw sut i ddod o hyd iddi. Efallai y byddwn ni'n lwcus . . . ond eto wedyn, efallai na fyddwn ni!'

17

Achub yng Ngwlad Minws

'Dwi ddim yn hoffi'r lle 'ma o gwbl,' sibrydodd Charlie. 'Mae e'n codi arswyd arna i.'

'A finnau hefyd,' sibrydodd Mr Wonka 'nôl. 'Ond mae gennym ni waith i'w wneud, Charlie, ac mae'n rhaid i ni fwrw iddi.'

Roedd y niwlen yn anweddu ar waliau gwydr yr Esgynnydd nawr, felly roedd hi'n anodd gweld allan heblaw am drwy'r drysau agored.

'Oes unrhyw greaduriaid eraill yn byw yma, Mr Wonka?'

'Digon o Gnwliaid.'

'Ydyn nhw'n beryglus?'

'Os ydyn nhw'n dy frathu di, ydyn. Rwyt ti wedi'i chael hi, 'machgen i, os cei di dy frathu gan Gnwlyn.'

Hofranodd yr Esgynnydd yn ei flaen, gan siglo'n ysgafn o un ochr i'r llall. Chwyrlïai'r niwl llwyd-ddu seimllyd o'u cwmpas.

'Sut olwg sydd ar Gnwlyn, Mr Wonka?'

'Does dim *golwg* fel dim byd arnyn nhw, Charlie. Mae'n amhosibl iddyn nhw edrych yn debyg i ddim byd.'

'Felly dydych chi erioed wedi gweld un?'

'Alli di ddim gweld Gnwliaid, 'machgen i. Alli di mo'u teimlo nhw hyd yn oed . . . tan iddyn nhw dyllu dy groen . . . wedyn mae hi'n rhy hwyr. Maen nhw wedi dy gael di.'

'Felly . . . fe allai fod heidiau ohonyn nhw o'n cwmpas ni i gyd yr union eiliad hon?' gofynnodd Charlie.

'Gallai,' meddai Mr Wonka.

Teimlodd Charlie groen gŵydd yn dechrau codi drosto. 'Ydych chi'n marw ar unwaith?' gofynnodd.

'Yn gyntaf rwyt ti'n cael dy dynnu . . . ychydig wedyn rwyt ti'n cael dy rannu . . . ond yn araf iawn . . . mae'n cymryd amser hir . . . rhannu hir yw e ac mae e'n boenus iawn. Wedi hynny, rwyt ti'n mynd yn un ohonyn nhw.'

'Allen ni ddim cau'r drws?' gofynnodd Charlie.

'Na allwn, mae arna i ofn, 'machgen i. Fydden ni byth yn ei gweld hi drwy'r gwydr. Mae gormod o niwlen a lleithder. Fydd hi ddim yn hawdd ei gweld hi beth bynnag.'

Safai Charlie wrth ddrws agored yr Esgynnydd a syllu i'r anwedd troellog. Fel hyn, meddyliodd, mae uffern, mae'n rhaid . . . uffern heb wres . . . roedd rhywbeth ansanctaidd amdano, rhywbeth anhygoel o ddieflig . . . Roedd popeth mor farwol o dawel, mor ddiffaith a gwag . . . Ar yr un pryd, roedd y symud parhaus – troi a throsi'r anwedd niwlog – yn rhoi'r teimlad i rywun fod rhyw rym pwerus iawn, grym drwg a chas, ar waith o'i gwmpas i gyd . . . teimlodd Charlie bwniad ar ei fraich! Neidiodd! Bu bron iddo neidio allan o'r Esgynnydd! 'Sori,' meddai Mr Wonka. 'Dim ond fi sy 'ma.'

'O-o-o!' ebychodd Charlie. 'Am eiliad, ro'n i'n meddwl . . .'

'Dwi'n gwybod beth roeddet ti'n 'i feddwl, Charlie . . . A gyda llaw, dwi'n hynod o falch dy fod ti gyda fi. Sut hoffet ti ddod yma ar dy ben dy hun . . . fel y gwnes i . . . fel roedd yn rhaid i mi wneud . . . sawl gwaith?'

'Hoffwn i ddim,' meddai Charlie.

'Dacw hi!' meddai Mr Wonka, gan bwyntio. 'Nage, ddim! . . . O, daro! Fe allwn i dyngu i mi ei gweld hi am eiliad reit draw fan 'na wrth ymyl y darn tywyll yna. Dal ati i wylio, Charlie!'

'*Fan 'na!*' meddai Charlie. '*Draw fan 'na.* Edrych!'

'Ble?' meddai Mr Wonka. 'Pwyntia ati hi, Charlie!'

'Mae hi . . . mae hi wedi mynd eto. Fe bylodd hi rywsut,' meddai Charlie.

Safai'r ddau wrth ddrysau agored yr Esgynnydd, gan syllu i'r anwedd llwyd troellog.

'*Fan 'na! Glou! Fan 'na'n union!*' gwaeddodd Charlie. '*Welwch chi mohoni hi?*'

'*Gwnaf, Charlie! Dwi'n ei gweld hi!* Dwi'n symud yn agos ati nawr!'

Estynnodd Mr Wonka y tu ôl iddo a dechrau gwasgu nifer o fotymau.

'Mam-gu!' galwodd Charlie. 'Ry'n ni wedi dod i'ch nôl chi, Mam-gu!'

Gallen nhw ei gweld hi'n aneglur drwy'r niwlen, ond o, mor aneglur. A gallen nhw weld y niwlen drwyddi *hithau* hefyd. Roedd hi'n dryloyw. Prin roedd hi yno o gwbl. Doedd hi'n ddim byd mwy na chysgod. Gallen nhw weld ei hwyneb ac amlinelliad gwan ei chorff mewn rhyw fath o ŵn. Ond doedd hi ddim yn unionsyth. Roedd hi'n hofran ar ei hyd yn yr anwedd troellog.

'Pam mae hi'n gorwedd?' sibrydodd Charlie.

'Achos mai Minws yw hi, Charlie. Mae'n rhaid dy fod ti'n gwybod sut mae minws yn edrych . . . Fel 'na . . .' Tynnodd Mr Wonka linell lorweddol yn yr awyr â'i fys.

Hofranodd yr Esgynnydd yn agos. Erbyn hyn, dim ond rhyw lathen i ffwrdd oedd cysgod gwan wyneb Mam-gu Georgina. Estynnodd Charlie allan drwy'r drws i gyffwrdd â hi ond doedd dim byd yno i gyffwrdd ag e. Aeth ei law'n syth drwy ei chroen. 'Mam-gu!' ebychodd. Dechreuodd hi hofran i ffwrdd.

'*Saf 'nôl!*' gorchmynnodd Mr Wonka, ac yn sydyn, o ryw fan cudd yn ei got gynffon fain, tynnodd wn chwistrellu allan. Roedd yn un o'r pethau henffasiwn yna roedd pobl yn arfer eu defnyddio i chwistrellu chwistrell bryfed o gwmpas yr ystafell cyn i erosolau gael eu dyfeisio. Anelodd y gwn chwistrellu'n syth at gysgod Mam-gu Georgina a gwasgodd y ddolen yn dynn *UNWAITH . . . DDWYWAITH . . . DEIRGWAITH!* Bob tro, tasgodd llwch mân du allan o drwyn y gwn. Yn syth, diflannodd Mam-gu Georgina.

'Dwi wedi taro'r targed!' gwaeddodd Mr Wonka, gan neidio i fyny ac i lawr yn llawn cyffro. 'Fe saethais i hi'n wych! Fe wnes i hi'n Blws perffaith! Dyna Feita-Wonk i ti!'

'I ble'r aeth hi?' gofynnodd Charlie.

''Nôl i'r man lle daeth hi ohono, wrth gwrs! I'r ffatri! Dydy hi ddim yn Finws nawr, 'machgen i!

Mae hi'n Blws gant y cant o waed coch cyfan! Dere nawr! Gad i ni fynd o fan hyn yn glou cyn i'r Gnwliaid ddod o hyd i ni!' Gwasgodd Mr Wonka fotwm. Caeodd y drysau a saethodd yr Esgynnydd Mawr Gwydr am i fyny tuag adref.

'Eistedd a chlyma dy wregys unwaith eto, Charlie!' meddai Mr Wonka. 'Ry'n ni'n mynd fel cath i gythraul y tro hwn!'

Rhuodd yr Esgynnydd a mynd fel roced tuag at arwyneb y ddaear. Eisteddodd Mr Wonka a Charlie ochr yn ochr ar eu seddi bach, wedi'u clymu'n dynn. Dechreuodd Mr Wonka roi'r gwn chwistrellu 'nôl yn y boced enfawr honno rywle yn ei got gynffon fain. 'Mae'n drueni bod yn rhaid i rywun ddefnyddio hen beth lletchwith fel hwn,' meddai. 'Ond does dim ffordd arall o'i wneud e. Yn ddelfrydol, wrth gwrs, fe fyddai rhywun yn mesur yr union nifer o ddiferion cywir i lwy de a'i bwydo hi'n ofalus i'r geg. Ond mae'n amhosibl bwydo unrhyw beth i mewn i Finws. Mae e fel ceisio bwydo dy gysgod dy hunan. Dyna pam mae'n rhaid i mi ddefnyddio gwn chwistrellu. Eu chwistrellu drostyn nhw i gyd, 'machgen i! Dyna'r unig ffordd!'

'Ond fe weithiodd e'n iawn, on'd do fe?' meddai Charlie.

'O, do'n wir, fe weithiodd e, Charlie! Fe weithiodd e'n berffaith! Y cyfan dwi'n ei ddweud yw y bydd ychydig bach o orddos, siŵr o fod . . .'

'Dwi ddim yn gwybod yn iawn beth ry'ch chi'n 'i feddwl, Mr Wonka.'

''Machgen annwyl i, os mai dim ond *pedwar diferyn* o Feita-Wonk sydd eu hangen i droi Wmpalwmpa ifanc yn hen ddyn . . .' Cododd Mr Wonka'i ddwylo a'u gollwng yn llipa ar ei gôl.

'Felly, efallai fod Mam-gu wedi cael gormod?' gofynnodd Charlie, gan droi ychydig yn welw.

'A dweud y lleiaf, dwi'n ofni,' meddai Mr Wonka.

'Ond . . . ond pam roddoch chi gymaint ohono fe iddi, 'te?' meddai Charlie, gan boeni mwy o hyd. 'Pam chwistrelloch chi hi *deirgwaith*? Mae'n rhaid ei bod hi wedi cael peint ar ôl peint ohono fe!'

'*Galwyni!*' gwaeddodd Mr Wonka, gan daro'i gluniau. 'Galwyni a galwyni! Ond paid â gadael i beth bach felly dy boeni di, Charlie annwyl! Y peth pwysig yw ein bod ni wedi'i chael hi 'nôl! Nid Minws yw hi bellach! Plws hyfryd yw hi!

> '*Mae hi'n blws, yn blws hyfryd o fri!*
> *Yn fwy o blws nag wyt ti neu fi!*
> *Cofia, y cwestiwn mawr:*
> *Pa mor hen fydd hi nawr?*
> *Fydd hi'n hŷn na chant – cant a thri?*'

18

Y Person Hynaf yn y Byd

'Ry'n ni'n dychwelyd yn fuddugoliaethus, Charlie!'
gwaeddodd Mr Wonka wrth i'r Esgynnydd Mawr
Gwydr ddechrau arafu. 'Fe fydd dy deulu annwyl
gyda'i gilydd unwaith eto!'

Stopiodd yr Esgynnydd. Llithrodd y drysau ar
agor. A dyna lle roedd yr Ystafell Siocled a'r afon
siocled a'r Wmpalwmpas ac yng nghanol y cyfan
roedd y gwely mawr oedd yn eiddo i'r hen bobl.
'Charlie!' meddai Tad-cu Joe, gan ruthro ato.
'Diolch i'r nefoedd dy fod ti 'nôl!' Rhoddodd
Charlie gwtsh iddo. Wedyn rhoddodd gwtsh i'w fam
a'i dad. 'Ydy hi yma?' meddai. 'Mam-gu Georgina?'

Atebodd neb. Wnaeth neb ddim byd heblaw am
Tad-cu Joe a bwyntiodd at y gwely. Pwyntiodd e, ond
heb edrych i'r cyfeiriad lle roedd e'n pwyntio.
Edrychodd neb ar y gwely – heblaw am Charlie.
Cerddodd heibio iddyn nhw i gyd i gael gwell golwg
arno, a gwelodd Charlie y ddau fabi yn un pen, sef
Mam-gu Josephine a Tad-cu George, y ddau wedi'u
rhoi yn y gwely ac yn cysgu'n dawel. Yn y pen arall . . .

'Paid â chael ofn,' meddai Mr Wonka, gan redeg
draw a rhoi llaw ar fraich Charlie. 'Mae'r plws wedi

mynd dros ben llestri, mae'n siŵr. Fe rybuddiais i ti am hynny.'

'*Beth ydych chi wedi'i wneud iddi?*' llefodd Mrs Bucket. 'Druan â Mam!'

Yn gorwedd yn erbyn y clustogau ym mhen arall y gwely roedd y peth rhyfeddaf welodd Charlie erioed! Ai rhyw fath o ffosil hynafol oedd e? Nid dyna oedd e, achos roedd e'n symud ychydig! A nawr roedd e'n gwneud synau! Synau crawcian – y math o synau y gallai broga hen iawn ei wneud petai'n gwybod ambell air. 'Wel, wel, wel,' crawciodd. 'Charlie annwyl sy 'ma.'

'*Mam-gu!*' llefodd Charlie. '*Mam-gu Georgina! O . . . O . . . O!*'

Roedd ei hwyneb pitw fel cneuen Ffrengig wedi'i phiclo. Roedd cymaint o grychau a rhychau fel bod y geg a'r llygaid a hyd yn oed y trwyn wedi diflannu o'r golwg, bron. Roedd ei gwallt yn wyn fel yr eira a doedd ei dwylo, oedd yn gorwedd ar ben y garthen, yn ddim byd ond lympiau bach o groen crychlyd.

Roedd presenoldeb y creadur hynafol hwn fel petai wedi codi arswyd nid yn unig ar Mr a Mrs Bucket, ond ar Tad-cu Joe hefyd. Roedden nhw'n cadw draw, ymhell o'r gwely. Roedd Mr Wonka, ar y llaw arall, mor hapus ag erioed. 'Foneddiges annwyl!' gwaeddodd, gan fynd at erchwyn y gwely a chydio yn un o'r dwylo pitw crychlyd yna. 'Croeso adref! A sut ry'ch chi'n teimlo ar y diwrnod hyfryd a braf hwn?'

'Ddim yn rhy ddrwg,' crawciodd Mam-gu Georgina. 'Ddim yn rhy ddrwg o gwbl . . . o ystyried f'oedran i.'

167

'Da iawn chi!' meddai Mr Wonka. 'Daliwch ati! Y cyfan sydd angen i ni ei wneud nawr yw canfod yn union faint yw eich oedran chi! Wedyn fe fyddwn ni'n gallu cymryd camau pellach!'

'Dydych chi ddim yn cymryd unrhyw gamau pellach fan hyn,' meddai Mrs Bucket yn swta. 'Ry'ch chi wedi gwneud digon o ddifrod yn barod!'

'Ond fy hen ddrynwen ddryslyd,' meddai Mr Wonka, gan droi at Mrs Bucket. 'Pa wahaniaeth os yw'r hen ferch wedi mynd fymryn yn rhy hen? Fe allwn ni gywiro hynny mewn chwinciad! Ydych chi wedi anghofio am Wonka-Feit a sut mae pob tabled yn eich gwneud chi ugain mlynedd yn iau? Fe allwn ni ddod â hi 'nôl! Fe drown ni hi'n ferch ifanc swil mewn chwinciad chwannen!'

'Pa les fydd i hynny pan fydd ei gŵr hi'n dal i wisgo cewynnau?' llefodd Mrs Bucket, gan bwyntio bys at Tad-cu George blwydd oed oedd yn cysgu mor dawel.

'Madam,' meddai Mr Wonka, 'gadewch i ni wneud un peth ar y tro . . .'

'Dwi'n eich gwahardd chi rhag rhoi'r hen Wonka-Feit ofnadwy 'na iddi!' meddai Mrs Bucket. 'Fe fyddwch chi'n ei throi hi'n Finws eto, yn siŵr i chi!'

'Dwi ddim eisiau bod yn Finws!' crawciodd Mam-gu Georgina. 'Os bydd yn rhaid i mi fynd 'nôl i'r hen Wlad Minws 'na byth eto, fe fydd y Gnwliaid yn fy ngwlcio i!'

'Peidiwch ag ofni!' meddai Mr Wonka. 'Y tro hwn fe fyddaf i fy *hunan* yn goruchwylio wrth i'r moddion gael ei roi. Fe fyddaf i'n sicrhau'n bersonol eich bod chi'n cael y dos gywir. Ond gwrandewch yn ofalus iawn nawr! Alla i ddim gweithio allan sawl pilsen i'w rhoi i chi tan i mi wybod yn union faint yw eich oedran chi! Mae hynny'n amlwg, on'd yw e?'

'Dydy e ddim yn amlwg o gwbl,' meddai Mrs Bucket. 'Pam na allwch chi roi un bilsen ar y tro iddi hi a chwarae'n saff?'

'Amhosibl, madam. Mewn achosion difrifol iawn fel hwn, dydy Wonka-Feit ddim yn gweithio o gwbl pan fydd dosau bach yn cael eu rhoi. Mae'n rhaid i chi daflu'r cyfan ati ar unwaith. Mae'n rhaid i chi ei tharo hi'n galed. Fyddai un bilsen ddim hyd yn oed yn dechrau ei symud hi. Mae hi wedi mynd yn rhy bell i hynny. Mater o bopeth neu ddim byd yw hi.'

'Na,' meddai Mrs Bucket yn bendant.

'Ie,' meddai Mr Wonka. 'Wraig annwyl, gwrandewch arna i. Os oes pen tost difrifol iawn gyda chi ac mae angen *tri* aspirin i'w wella fe, does dim pwynt cymryd un ar y tro ac aros pedair awr rhwng pob un. Fyddwch chi byth yn gwella eich hunan fel 'na. Mae'n rhaid i chi eu llyncu nhw i gyd ar unwaith. Mae'r un peth yn wir am Wonka-Feit. Gaf i fwrw ymlaen?'

'O, o'r *gorau*, mae'n debyg y bydd yn rhaid i chi wneud hynny,' meddai Mrs Bucket.

'Da iawn,' meddai Mr Wonka, gan roi naid fach a throi ei draed yn yr awyr. 'Nawr 'te, faint yw eich oedran chi, f'annwyl Fam-gu Georgina?'

'Wn i ddim,' crawciodd. 'Fe gollais gyfrif o hynny flynyddoedd ar flynyddoedd 'nôl.'

'Does gennych chi ddim *unrhyw* syniad?' meddai Mr Wonka.

'Nac oes, wrth gwrs,' meddai'r hen wraig. 'Fyddai gennych chi ddim syniad chwaith petaech chi mor hen â mi.'

'*Meddyliwch!*' meddai Mr Wonka. 'Mae'n *rhaid* i chi feddwl!'

Crychodd yr hen wyneb cneuen Ffrengig grychlyd yn fwy nag erioed. Safodd y lleill ac aros. Wedi'u rhyfeddu wrth weld y gwrthrych hynafol hwn, roedd yr Wmpalwmpas yn dod yn nes ac yn nes at y gwely o hyd. Roedd y ddau faban yn dal i gysgu.

'Ydych chi, er enghraifft, yn gant?' meddai Mr Wonka. 'Neu'n gant a deg? Neu'n gant ac ugain?'

'Does dim pwynt,' crawciodd. 'Doeddwn i byth yn dda gyda rhifau.'

'Mae hyn yn *drychineb*!' gwaeddodd Mr Wonka. 'Os na allwch chi ddweud wrtha i faint yw eich oedran chi, alla i mo'ch helpu chi! Alla i ddim mentro gorddos!'

Daeth diflastod dros y criw i gyd, gan gynnwys Mr Wonka ei hun am unwaith. 'Ry'ch chi wedi gwneud tipyn o gawl o bethau'r tro 'ma, on'd ydych chi?' meddai Mrs Bucket.

'Mam-gu,' meddai Charlie, gan symud ymlaen at y gwely. 'Gwranda, Mam-gu. Paid â phoeni am faint yn union yw dy oedran di. Ceisia feddwl am *ddigwyddiad* yn lle hynny . . . meddylia am rywbeth *ddigwyddodd* i ti . . . unrhyw beth a fynni di . . . mor bell yn ôl ag y gelli di . . . fe allai hynny ein helpu ni . . .'

'Fe ddigwyddodd llawer o bethau i mi, Charlie . . . fe ddigwyddodd llawer, llawer iawn o bethau i mi . . .'

'Ond alli di *gofio* unrhyw un ohonyn nhw, Mam-gu?'

'O, wn i ddim, 'nghariad i . . . mae'n debyg y gallwn i gofio un neu ddau petawn i'n meddwl yn ddigon gofalus . . .'

'Da iawn, Mam-gu, da iawn!' meddai Charlie'n frwd. 'Nawr beth yw'r peth cynharaf rwyt ti'n gallu ei gofio yn dy fywyd i gyd?'

'O, 'machgen annwyl i, fe fyddai hynny wir yn mynd 'nôl flwyddyn neu ddwy, oni fyddai?'

'Pan oeddet ti'n fach, Mam-gu, fel fi. Alli di ddim meddwl am unrhyw beth wnest ti pan oeddet ti'n fach?'

Dyma'r llygaid du oedd wedi suddo yn disgleirio'n wan a rhyw fath o wên yn cyffwrdd â chorneli'r agoriad o geg oedd bron yn anweledig. 'Roedd yna long,' meddai. 'Dwi'n gallu cofio llong . . . fyddwn i byth yn gallu anghofio'r llong 'na . . .'

'Dal ati, Mam-gu! Llong! Pa fath o long? Hwyliaist ti arni hi?'

'Wrth gwrs hynny, 'nghariad i . . . fe hwylion ni i gyd arni hi . . .'

'O ble? I ble?' aeth Charlie yn ei flaen yn frwd.

'O na, allwn i ddim dweud hynny wrthot ti . . . dim ond merch fach iawn o'n i . . .' Gorweddodd 'nôl ar y glustog a chau ei llygaid. Gwyliodd Charlie hi, gan ddisgwyl am rywbeth arall. Arhosodd pawb. Symudodd neb.

'. . . Roedd ganddi enw hyfryd, y llong 'na . . . roedd rhywbeth hardd . . . rhywbeth mor hardd am yr enw 'na . . . ond, wrth gwrs, allwn i byth mo'i gofio fe . . .'

Yn sydyn, neidiodd Charlie – roedd e wedi bod yn eistedd ar erchwyn y gwely cyn hynny. Roedd ei wyneb yn loyw gan gyffro. 'Taswn i'n dweud yr enw, Mam-gu, fyddet ti'n ei gofio fe wedyn?'

'Mae'n bosib iawn, Charlie . . . byddwn . . . dwi'n credu y gallwn i . . .'

172

'*Y MAYFLOWER!*' gwaeddodd Charlie.

Cododd pen yr hen wraig oddi ar y glustog. '*Dyna ni!*' crawciodd. 'Rwyt ti wedi'i *gael* e, Charlie! Y *Mayflower* . . . Enw mor hyfryd . . .'

'Tad-cu!' galwodd Charlie, gan ddawnsio'n llawn cyffro. 'Ym mha flwyddyn yr hwyliodd y *Mayflower* am America?'

'Fe hwyliodd y *Mayflower* allan o Borthladd Plymouth ar y chweched o Fedi, un chwech dau dim,' meddai Tad-cu Joe.

'Plymouth . . .' crawciodd yr hen wraig. 'Mae hynny'n canu cloch hefyd . . . Ie, efallai mai Plymouth oedd e, yn ddigon hawdd . . .'

'Un chwech dau dim!' gwaeddodd Charlie. 'O'r nefoedd wen! Felly ry'ch chi'n . . . gwnewch chi fe, Tad-cu!'

'Nawr 'te,' meddai Tad-cu Joe. 'Tynnwch un chwech dau dim allan o un naw saith dau . . . ac mae hynny'n gadael . . . paid â'm rhuthro i nawr, Charlie . . . Mae hynny'n gadael tri chant . . . a phum deg dau.'

'Llyffantod llamsachus!' bloeddiodd Mr Bucket. 'Mae hi dros dri chant pum deg dau oed!'

'Mae hi'n hŷn na hynny,' meddai Charlie. 'Faint ddwedoch chi oedd eich oedran chi, Mam-gu, pan hwylioch chi ar y *Mayflower*? Oeddech chi tua wyth oed?'

'Dwi'n credu 'mod i hyd yn oed yn iau na hynny, cariad . . . dim ond hen lodes fach o'n i . . . dim mwy na chwech oed, siŵr o fod . . .'

'Felly mae hi'n *dri chant pum deg wyth*!' ebychodd Charlie.

'Dyna Feita-Wonk i ti,' meddai Mr Wonka'n falch. 'Fe ddwedais i wrthot ti ei fod e'n stwff pwerus.'

'Tri chant pum deg wyth!' meddai Mr Bucket. 'Mae e'n anhygoel!'

'Dychmygwch y pethau mae'n rhaid ei bod hi wedi'u gweld yn ystod ei hoes!' meddai Tad-cu Joe.

'Mam, druan!' llefodd Mrs Bucket. 'Beth ar y ddaear . . .'

'Amynedd, wraig annwyl,' meddai Mr Bucket. 'Nawr dyma'r rhan ddiddorol. Dewch â'r Wonka-Feit yma!'

Rhedodd Wmpalwmpa ymlaen â photel fawr a'i rhoi i Mr Wonka. Rhoddodd yntau hi ar y gwely. 'Pa mor ifanc mae hi eisiau bod?' gofynnodd.

'Saith deg wyth,' meddai Mrs Bucket yn bendant. 'Yn union lle roedd hi cyn i'r holl ffwlbri 'ma ddechrau!'

'Ond fe hoffai hi fod ychydig yn iau na hynny, does bosib?' meddai Mr Wonka.

'Na hoffai'n wir!' meddai Mrs Bucket. 'Mae e'n rhy beryglus!'

'Rhy beryglus, rhy beryglus!' crawciodd Mam-gu Georgina. 'Dim ond fy nhroi i'n Finws wnewch chi os ceisiwch chi fod yn glyfar!'

'Penderfynwch chi,' meddai Mr Wonka. 'Nawr 'te, mae'n rhaid i mi wneud sym neu ddwy.' Daeth Wmpalwmpa arall ymlaen, gan ddal bwrdd du. Tynnodd Mr Wonka ddarn o sialc allan o'i boced ac ysgrifennu:

Oed y person ar hyn o bryd ... 358
Yr oed mae hi eisiau bod
       (tynnu hwn) ... 78

Nifer o flynyddoedd yn iau
    y bydd yn rhaid iddi ddod =280
Os yw pob pilsen o Wonka-Feit
yn eich gwneud chi 20 mlynedd yn iau,
rhaid rhannu 280 gyda 20 i
weld sawl pilsen i'w rhoi. 20)280 14

'Pedair ar ddeg pilsen o Wonka-Feit yn union,' meddai Mr Wonka. Aeth yr Wmpalwmpa â'r bwrdd du i ffwrdd. Cododd Mr Wonka'r botel o'r gwely a chyfrif pedair ar ddeg o'r pils bach melyn llachar allan. 'Dŵr!' meddai. Rhedodd Wmpalwmpa arall eto ymlaen â gwydraid o ddŵr. Arllwysodd Mr Wonka bob un o'r pedair ar ddeg pilsen i'r dŵr. Byrlymodd ac ewynnodd y dŵr. 'Yfwch e tra bydd e'n byrlymu,' meddai, gan ddal y gwydr i fyny at wefusau Mam-gu Georgina. 'Ar ei dalcen!'

Yfodd hi fe.

Neidiodd Mr Wonka ymlaen a thynnu cloc pres mawr o'i boced. 'Cofiwch,' gwaeddodd, 'un flwyddyn am bob eiliad! Mae ganddi ddau gant wyth deg mlynedd i'w colli! Fe fydd hynny'n cymryd pedair munud a deugain eiliad iddi! Gwyliwch y canrifoedd yn syrthio i ffwrdd!'

Roedd yr ystafell mor dawel fel y gallen nhw glywed sŵn tician cloc Mr Wonka. I ddechrau, ddigwyddodd dim byd llawer i'r person hynafol oedd yn gorwedd ar y gwely. Caeodd ei llygaid a gorwedd 'nôl. Bob hyn a hyn, rhoddodd croen crebachlyd ei hwyneb blwc bach a gwnaeth ei dwylo bach symudiadau i fyny ac i lawr, ond dyna'r cyfan . . .

'Un funud wedi mynd!' meddai Mr Wonka. 'Mae hi chwe deg mlynedd yn iau.'

'Mae hi'n edrych yn union yr un peth i mi,' meddai Mr Bucket.

'Wrth gwrs ei bod hi,' meddai Mr Wonka. 'Beth yw chwe deg mlynedd pan fyddwch chi dros dri chant i ddechrau arni!'

'Ydych chi'n iawn, Mam?' meddai Mrs Bucket yn bryderus. 'Siaradwch â mi, Mam!'

'Dwy funud wedi mynd!' galwodd Mr Wonka. 'Mae hi gant dau ddeg mlynedd yn iau!'

A nawr roedd newidiadau pendant yn dechrau ymddangos ar wyneb yr hen ddynes. Roedd y croen yn gryndod i gyd ac roedd rhai o'r rhychau dyfnaf yn dod yn llai dwfn, y geg wedi suddo llai, a'r trwyn yn fwy amlwg.

'Mam!' gwaeddodd Mrs Bucket. 'Ydych chi'n iawn? Siaradwch â mi, Mam, plis!'

Yn sydyn, gyda sydynrwydd a wnaeth i bawb arall neidio, eisteddodd yr hen wraig yn gefnsyth yn y gwely a gweiddi, *'Glywsoch chi'r newyddion! Mae'r Llyngesydd Nelson wedi curo'r Ffrancod ym mrwydr Trafalgar!'*

'Mae hi'n mynd yn ddwl!' meddai Mr Bucket.

'Ddim o gwbl,' meddai Mr Wonka. 'Mae hi'n mynd drwy'r bedwaredd ganrif ar bymtheg.'

'Tair munud wedi mynd!' meddai Mr Wonka.

Bob eiliad nawr roedd hi'n mynd ychydig yn llai crychlyd o hyd, ac yn dod yn fwy bywiog o hyd. Roedd e'n beth rhyfeddol i'w wylio.

'Gettysburg!' gwaeddodd. *'Mae'r Cadfridog Lee ar ffo!'* Ac ychydig o eiliadau'n ddiweddarach rhoddodd waedd o boen ac meddai, 'Mae e wedi marw, mae e wedi marw, mae e wedi marw!'

'Pwy sydd wedi marw?' meddai Mr Bucket, gan blygu ymlaen.

'Lincoln!' llefodd hi. *'Dyna'r trên yn mynd . . .'*

'Mae'n rhaid ei bod hi wedi'i weld e!' meddai Charlie. 'Mae'n rhaid ei bod hi yno!'

'*Mae* hi yno,' meddai Mr Wonka. 'O leiaf roedd hi yno ychydig eiliadau 'nôl.'

'A wnaiff rywun egluro i mi, os gwelwch chi'n dda,' meddai Mrs Bucket, 'beth ar y ddaear . . .'

'Pedair munud wedi mynd!' meddai Mr Wonka. 'Dim ond deugain eiliad sy ar ôl! Dim ond deugain mlynedd arall i'w colli!'

'Mam-gu!' gwaeddodd Charlie, gan redeg ymlaen. 'Ry'ch chi'n edrych bron yn union fel roeddech chi'n arfer gwneud! O, dwi mor falch!'

'Dim ond i'r cyfan stopio pan ddylai e,' meddai Mrs Bucket.

'Fe fentra i na wnaiff e,' meddai Mr Bucket. 'Mae rhywbeth bob amser yn mynd o'i le.'

'Ddim pan *dwi*'n gyfrifol amdano fe, syr,' meddai Mr Wonka. 'Mae'r amser ar ben! Mae hi nawr yn saith deg wyth mlwydd oed! Sut ry'ch chi'n teimlo, wraig annwyl? Ydy popeth yn iawn?'

'Dwi'n teimlo'n iawn,' meddai hi. 'Dim ond yn iawn. Ond dim diolch i chi, y broga busneslyd!'

Dyna lle roedd hi eto, yr un hen Fam-gu Georgina gwerylgar a chwynfanllyd roedd Charlie wedi'i hadnabod mor dda cyn i'r cyfan ddechrau. Taflodd Mrs Bucket ei breichiau amdani a dechrau crio mewn llawenydd. Gwthiodd yr hen wraig hi o'r neilltu a dweud, 'Beth, gaf i ofyn, mae'r ddau fabi dwl 'na'n ei wneud ym mhen draw'r gwely?'

'Eich gŵr chi yw un ohonyn nhw,' meddai Mr Bucket.

'Dwli pur!' meddai hi. 'Ble *mae* George?'

'Mae arna i ofn ei fod e'n wir, Mam,' meddai Mrs Bucket. 'Fe yw hwnna ar y chwith. Josephine yw'r llall . . .'

'Yr hen frechdan frechlyd!' gwaeddodd, gan bwyntio bys cynddeiriog at Mr Wonka. 'Beth yn enw . . .'

'Nawr nawr nawr nawr nawr!' meddai Mr Wonka. 'Er mwyn popeth, gadewch i ni beidio â chael cweryl arall mor hwyr yn y dydd. Os gall pawb gadw ei bwyll a gadael hyn i Charlie a mi, fe'u cawn ni nhw'n union lle roedden nhw mewn curiad adain gwybedyn!'

19

Y Babanod yn Tyfu

'Dewch â'r Feita-Wonk!' meddai Mr Wonka. 'Fe rown ni drefn ar y ddau fabi 'ma mewn dim o dro.'

Rhedodd Wmpalwmpa ymlaen â photel fach a dwy lwy arian.

'Arhoswch funud!' meddai Mam-gu Georgina'n swta. 'Pa fath o ddrygioni drwg sydd ar y gweill gyda chi nawr?'

'Mae popeth yn iawn, Mam-gu,' meddai Charlie. 'Dwi'n addo i ti fod popeth yn iawn. Mae Feita-Wonk yn gwneud y gwrthwyneb i Wonka-Feit. Mae'n dy wneud di'n hŷn. Dyna roddon ni i *ti* pan oeddet ti'n Finws. Fe achubodd e ti!'

'Fe roddoch chi ormod i mi!' meddai'r hen wraig yn swta.

'Roedd yn rhaid i ni, Mam-gu.'

'A nawr ry'ch chi eisiau gwneud yr un peth i Tad-cu George!'

'Wrth gwrs nad ydyn ni,' meddai Charlie.

'Ro'n i'n dri chant pum deg wyth mlwydd oed yn y diwedd!' meddai hi wedyn. 'Beth sydd i'ch atal chi rhag gwneud camgymeriad bach arall a rhoi *pum deg gwaith yn fwy o ddos iddo fe nag a roddoch chi i mi*? Wedyn, yn sydyn, byddai dyn ugain mil oed o'r ogofâu gyda fi wrth fy ochr yn y gwely! *Dychmygwch hynny*, a byddai ganddo fe bastwn mawr cnapiog yn un llaw a byddai e'n fy llusgo i o gwmpas gerfydd fy ngwallt â'r llall! Dim diolch!'

'Mam-gu,' meddai Charlie'n amyneddgar. 'Gyda ti roedd yn rhaid i ni ddefnyddio chwistrell achos mai Minws oeddet ti. Ysbryd oeddet ti. Ond fan hyn fe all Mr Wonka . . .'

'Paid â siarad â fi am y dyn 'na!' gwaeddodd. 'Mae e'n hanner pan!'

'Nac ydy, Mam-gu, dydy e *ddim*. A fan hyn fe fydd e'n gallu ei fesur e'n hollol gywir, diferyn wrth ddiferyn, a'i fwydo fe i'w cegau nhw. Mae hynny'n wir, on'd yw e, Mr Wonka?'

'Charlie,' meddai Mr Wonka. 'Dwi'n gweld y bydd y ffatri mewn dwylo da pan fydda i'n ymddeol. Rwyt ti'n dysgu'n gyflym iawn. Dwi wrth fy modd mai ti ddewisais i, 'machgen annwyl i, dwi wrth fy modd yn wir. Nawr 'te, beth yw'r penderfyniad? Ydyn ni'n eu gadael nhw fel babanod neu a ydyn ni'n gwneud iddyn nhw dyfu gyda Feita-Wonk?'

'Ewch chi yn eich blaen, Mr Wonka,' meddai Tad-cu Joe. 'Fe hoffwn i chi wneud i Josie dyfu fel ei bod hi'n union yr un peth ag o'r blaen – yn wyth deg mlwydd oed.'

'Diolch, syr,' meddai Mr Wonka. 'Dwi'n gwerth-fawrogi eich bod chi'n ymddiried ynof fi. Ond beth am y llall, Tad-cu George?'

'O, o'r *gorau* 'te,' meddai Mam-gu Georgina. 'Ond os bydd e'n ddyn o'r ogofâu yn y diwedd, dwi ddim eisiau fe yn y gwely 'ma byth eto!'

'Dyna ni 'te!' meddai Mr Wonka. 'Dere nawr, Charlie! Fe wnawn ni'r ddau gyda'i gilydd. Cydia di yn un llwy ac fe gydia i yn y llall. Fe fesura i bedwar diferyn, a phedwar diferyn yn unig i bob llwy, ac fe ddeffrwn ni nhw a'u rhoi yn eu cegau nhw.'

'Pa un wnaf i, Mr Wonka?'

'Gwna di Mam-gu Josephine, yr un fach. Fe wnaf i Tad-cu George, yr un blwydd oed. Dyma dy lwy di.'

Cymerodd Charlie'r llwy a'i hestyn i Mr Wonka. Agorodd Mr Wonka'r botel ac arllwys pedwar diferyn o hylif du olewog i lwy Charlie. Wedyn gwnaeth yr un peth â'i lwy ei hun. Rhoddodd y botel 'nôl i'r Wmpalwmpa.

'Oni ddylai rhywun ddal y babis tra byddwch chi'n rhoi'r moddion iddyn nhw?' meddai Tad-cu Joe. 'Fe ddalia i Mam-gu Josephine.'

'Ydych chi'n wallgof!' meddai Mr Wonka. 'Dydych chi ddim yn sylweddoli bod Feita-Wonk yn gweithio ar unwaith? Nid un flwyddyn yr eiliad fel

Wonka-Feit. Mae Feita-Wonk mor gyflym â mellten. Yr eiliad y mae'r moddion yn cael ei lyncu – ping! – ac mae popeth yn digwydd! Mae'r tyfu a'r hen-eiddio a phopeth arall *i gyd yn digwydd mewn un eiliad*! Felly, welwch chi, annwyl syr,' meddai wrth Tad-cu Joe, 'y byddech chi'n dal baban bach un eiliad ac, eiliad yn unig yn ddiweddarach, fe fyddech chi'n igam-ogamu o gwmpas gyda menyw wyth deg oed ac fe fyddech chi'n ei gollwng hi fel tunnell o frics ar y llawr!'

'Dwi'n gweld beth ry'ch chi'n 'i feddwl,' meddai Tad-cu Joe.

'Barod, Charlie?'

'Barod, Mr Wonka.' Symudodd Charlie o gwmpas y gwely i'r man lle roedd y baban pitw bach yn cysgu. Rhoddodd un llaw y tu ôl i'w phen a'i godi. Deffrodd y babi a dechrau gweiddi. Roedd Mr Wonka ym mhen arall y gwely, yn gwneud yr un peth i George blwydd oed. 'Gyda'n gilydd nawr, Charlie!' meddai Mr Wonka. 'Ar eich marciau, yn barod, *ewch*! I mewn ag e!' Gwthiodd Charlie ei lwy i geg agored y babi ac arllwys y diferion i lawr ei gwddf.

'Gwna'n siŵr ei bod hi'n ei lyncu fe!' gwaeddodd Mr Wonka. 'Wnaiff e ddim gweithio tan iddo fe gyrraedd eu boliau nhw!'

Mae hi'n anodd disgrifio beth ddigwyddodd nesaf, a beth bynnag oedd e, dim ond eiliad wnaeth e bara. Mae eiliad tua'r amser mae'n 'i gymryd i ddweud yn uchel ac yn gyflym, 'un-dau-tri-pedwar-pump'. A dyna faint o amser gymerodd hi, gyda

Charlie'n gwylio'n ofalus, i'r baban pitw bach dyfu
a chwyddo a chrychu i fod yn Fam-gu Josephine
wyth deg oed. Roedd e'n beth ofnadwy i'w weld.
Roedd e fel ffrwydrad. Yn sydyn, ffrwydrodd baban
bach yn hen fenyw, ac ar unwaith gwelodd Charlie
ei fod e'n syllu'n syth ar hen wyneb crychlyd
cyfarwydd ac annwyl ei Fam-gu Josephine. '*Helô,*
'nghariad i,' meddai hi. 'O ble dest *ti*?'

'Josie!' gwaeddodd Tad-cu Joe, gan ruthro
ymlaen. 'Dyna beth gwych! Rwyt ti 'nôl!'

'Wyddwn i ddim 'mod i wedi bod i ffwrdd,'
meddai hi.

Roedd Tad-cu George wedi dod yn ei ôl yn llwydd-
iannus hefyd. 'Ro't ti'n edrych yn well yn fabi,'
meddai Mam-gu Georgina wrtho. 'Ond dwi'n falch
dy fod ti wedi tyfu eto, George . . . am un rheswm.'

'Beth yw hwnnw?' gofynnodd Tad-cu George.

'Wnei di ddim gwlychu'r gwely eto.'

20

Sut i Gael Rhywun Allan o'r Gwely

'Dwi'n siŵr,' meddai Mr Wonka, gan siarad â Tad-cu George, Mam-gu Georgina a Mam-gu Josephine, 'dwi'n hollol siŵr y bydd y tri ohonoch chi, ar ôl hynna *i gyd*, eisiau neidio allan o'r gwely nawr a rhoi help llaw i ni redeg y Ffatri Siocled.'

'Pwy, ni?' meddai Mam-gu Josephine.

'Ie, chi,' meddai Mr Wonka.

'Ydych chi'n gall?' meddai Mam-gu Georgina. 'Dwi'n aros yn union fan hyn lle dwi, yn y gwely braf cyfforddus hwn, diolch yn fawr iawn!'

'A finnau hefyd!' meddai Tad-cu George.

Yr eiliad honno, roedd cynnwrf sydyn ymysg yr Wmpalwmpas ym mhen pellaf yr Ystafell Siocled. Roedd 'na sŵn siarad cyffrous a llawer o redeg o gwmpas a chwifio dwylo, ac allan drwy'r cyfan i gyd daeth un Wmpalwmpa ar frys tuag at Mr Wonka, gan gario amlen enfawr yn ei ddwylo. Daeth e'n agos at Mr Wonka. Dechreuodd sibrwd. Plygodd Mr Wonka yn isel i wrando.

'*Y tu allan i gatiau'r ffatri?*' gwaeddodd Mr Wonka. '*Dynion!* . . . *Pa fath o ddynion?* . . . *Ie, ond ydyn nhw'n*

edrych yn beryglus? . . . Ydyn nhw'n YMDDWYN yn beryglus? . . . A beth? . . . HOFRENNYDD! . . . Ac fe ddaeth y dynion allan ohono fe? . . . Fe roddon nhw hon i chi? . . .

Cydiodd Mr Wonka yn yr amlen enfawr a'i hagor, a thynnu allan y llythyr oedd y tu mewn, wedi'i blygu. Roedd 'na dawelwch llethol wrth iddo ddarllen yn gyflym beth oedd wedi'i ysgrifennu ar y papur. Symudodd neb. Dechreuodd Charlie deimlo'n oer. Gwyddai fod rhywbeth ofnadwy'n mynd i ddigwydd. Heb unrhyw amheuaeth, roedd arogl perygl yn yr awyr. Y dynion y tu allan i'r gatiau, yr hofrennydd, nerfusrwydd yr Wmpalwmpas . . . Roedd e'n gwylio wyneb Mr Wonka, gan chwilio am gliw, am ryw newid yn ei olwg a fyddai'n dweud wrtho pa mor wael oedd y newyddion.

'*Whangdoodles chwibanog!*' gwaeddodd Mr Wonka, gan neidio mor uchel yn yr awyr, fel iddo lanio â'i goesau wedi'u plygu oddi tano, a syrthiodd yn swp ar ei ben-ôl.

'*Snozzwangers syrffedus!*' bloeddiodd, gan godi ar ei draed a chwifio'r llythyr o gwmpas fel petai'n ceisio lladd mosgitos. 'Gwrandewch ar hyn, bawb! Gwrandewch ar hyn!' Dechreuodd ddarllen yn uchel:

Y TŶ GWYN
WASHINGTON
D.C.

AT MR WILLY WONKA.

SYR

HEDDIW MAE'R GENEDL GYFAN, YN WIR, MAE'R BYD I GYD YN LLAWENHAU OHERWYDD BOD EIN CAPSIWL TEITHIO GYDA 136 PERSON AR EI FWRDD WEDI DYCHWELYD YN DDIOGEL. ONI BAI AM YR HELP GAWSON NHW GAN LONG OFOD ANHYSBYS, NI FYDDAI'R 136 PERSON HYN BYTH WEDI DOD YN EU HÔL. CEFAIS WYBOD BOD Y DEWRDER A DDANGOSODD YR WYTH GOFODWR AR Y LLONG OFOD ANHYSBYS HON YN RHYFEDDOL. MAE EIN GORSAFOEDD RADAR, DRWY DDILYN Y LLONG OFOD HON AR EI FFORDD YN ÔL I'R DDAEAR, WEDI CANFOD IDDI LANIO MEWN LLE O'R ENW FFATRI SIOCLED WONKA. DYNA PAM, SYR, MAE'R LLYTHYR YN CAEL EI ROI I CHI.

NAWR HOFFWN DDANGOS PA MOR DDIOLCHGAR YW'R GENEDL DRWY WAHODD POB UN O'R WYTH GOFODWR ANHYGOEL O DDEWR I DDOD I AROS YN Y TÝ GWYN AM RAI DIWRNODAU, YN WESTEION ANRHYDEDDUS I MI.

RWYF YN TREFNU PARTI DATHLU ARBENNIG YN YR YSTAFELL LAS HENO LLE BYDDAF I FY HUNAN YN RHOI MEDALAU AM DDEWRDER I BOB UN O'R WYTH GOFODWR GWROL. BYDD Y BOBL BWYSICAF YN Y WLAD YN BRESENNOL YN Y DIGWYDDIAD HWN I GYFARCH YR ARWYR Y BYDD EU GWEITHREDOEDD GWYCH WEDI'U COFNODI AM BYTH YN HANES EIN CENEDL. YMYSG Y RHAI A FYDD YN BRESENNOL FYDD YR IS-ARLYWYDD (MISS ELVIRA TIBBS), HOLL AELODAU FY NGHABINET, PENAETHIAID Y FYDDIN, Y LLYNGES A'R LLU AWYR, HOLL AELODAU'R GYNGRES. LLYNCWR CLEDDYFAU ENWOG O AFGHANISTAN SY'N FY NYSGU NAWR I FWYTA FY NGEIRIAU . . . A PHWY ARALL SY'N DOD? O IE, FY MHRIF GYFIEITHYDD A LLYWODRAETHWYR POB TALAITH YN YR UNDEB AC, WRTH GWRS, MRS TAUBSYPUSS, FY NGHATH.

MAE HOFRENNYDD YN DISGWYL AM YR WYTH OHONOCH Y TU ALLAN I GATIAU'R FFATRI. RWYF INNAU FY HUNAN YN EICH

DISGWYL CHI YN Y TŶ GWYN GYDA'R
PLESER A'R DIFFYG AMYNEDD MWYAF.
YR EIDDOCH YN GYWIR, SYR,

Lancelot R. Gilligrass.

LANCELOT R. GILLIGRASS
Arlywydd yr Unol Daleithiau

O.N. PLIS ALLECH CHI DDOD AG AMBELL
GYFFUG MALWS WONKA I MI? DWI'N DWLU
ARNYN NHW OND MAE PAWB FAN HYN YN
DWYN FY RHAI I O'R DRÔR YN FY NESG. A
PHEIDIWCH Â DWEUD WRTH NANI.

Stopiodd Mr Wonka ddarllen y llythyr. Ac yn y
tawelwch a ddilynodd, gallai Charlie glywed pobl yn
anadlu. Gallai eu clywed nhw'n anadlu i mewn
ac allan yn llawer cynt nag arfer. Ac roedd pethau
eraill hefyd. Roedd cymaint o deimladau ac angerdd
ac roedd cymaint o hapusrwydd sydyn yn chwyrlïo o
gwmpas yn yr awyr fel bod ei ben yn troi. Tad-cu Joe
oedd y cyntaf i ddweud rhywbeth . . . *'Hwr-rêêêêêêêêêê!'*
bloeddiodd, a hedfanodd ar draws yr ystafell a
chydio yn nwylo Charlie a dechreuodd y ddau
ohonyn nhw ddawnsio ar hyd glannau'r afon
siocled. 'Ry'n ni'n mynd, Charlie!' canodd Tad-cu
Joe. 'Ry'n ni'n mynd i'r Tŷ Gwyn wedi'r cyfan!'
Roedd Mr a Mrs Bucket hefyd yn dawnsio ac yn

chwerthin ac yn canu, a rhedodd Mr Wonka o gwmpas yr ystafell yn falch i gyd, gan ddangos llythyr yr Arlywydd i'r Wmpalwmpas. Ar ôl rhyw funud, curodd Mr Wonka'i ddwylo i gael sylw pawb. 'Dewch, dewch!' gwaeddodd. 'Rhaid inni beidio ag oedi! Rhaid inni beidio â simsanu! Dere, Charlie! A chi, syr, Tad-cu Joe! A Mr a Mrs Bucket! Mae'r hofrennydd y tu allan i'r gatiau! Rhaid i ni beidio â'i gadw i aros!' Dechreuodd wthio'r pedwar ohonyn nhw tuag at y drws.

'*Hei!*' sgrechiodd Mam-gu Georgina o'r gwely. 'Beth amdanon ni? Fe gawson ni ein gwahodd hefyd, peidiwch ag anghofio hynny!'

'Roedd e'n dweud bod *yr wyth* ohonon ni wedi cael ein gwahodd!' gwaeddodd Mam-gu Josephine.

'Ac mae hynny'n fy nghynnwys *i*!' meddai Tad-cu George.

Trodd Mr Wonka ac edrych arnyn nhw. 'Wrth gwrs bod hynny'n eich cynnwys chi,' meddai. 'Ond aiff y gwely 'na byth i mewn i hofrennydd. Aiff e ddim drwy'r drws.'

'Felly . . . felly os na ddown ni allan o'r gwely, allwn ni ddim dod?' meddai Mam-gu Georgina.

'Yn union,' meddai Mr Wonka. 'Paid ag aros, Charlie,' sibrydodd, gan roi hwp bach slei i Charlie. 'Dal ati i gerdded tuag at y drws.'

Yn sydyn, y tu ôl iddyn nhw, daeth sŵn *SWSIAL* mawr carthenni a chynfasau a sŵn sbrings gwely'n tincial wrth i'r tri hen berson ffrwydro allan o'r gwely gyda'i gilydd. Rhedon nhw nerth eu traed ar ôl Mr Wonka gan weiddi, 'Arhoswch amdanon ni! Arhoswch amdanon ni!' Roedd hi'n rhyfeddol pa mor gyflym roedden nhw'n rhedeg ar draws llawr yr Ystafell Siocled fawr. Arhosodd Mr Wonka a Charlie a'r lleill gan edrych arnyn nhw mewn syndod. Neidion nhw dros lwybrau a thros lwyni bach fel gafrewigod yn y gwanwyn, a'u coesau noeth yn fflachio a'u crysau nos yn hedfan y tu ôl iddyn nhw.

Yn sydyn gwasgodd Mam-gu Josephine y brêc mor galed fel y sgidiodd hi bum llath cyn dod i stop. 'Arhoswch!' sgrechiodd. 'Dydyn ni ddim yn gall! Allwn ni ddim mynd i barti enwog yn y Tŷ Gwyn yn ein crysau nos! Allwn ni ddim sefyll yno fwy neu lai'n noeth o flaen yr holl bobl 'na tra bydd yr Arlywydd yn rhoi medalau i ni!'

'O-o-o-o!' llefodd Mam-gu Georgina. 'O, beth *wnawn* ni?'

'Does dim dillad gyda chi o gwbl?' gofynnodd Mr Wonka.

'Nac oes, wrth gwrs!' meddai Mam-gu Josephine. 'Dydyn ni ddim wedi bod allan o'r gwely 'na am ugain mlynedd!'

'Allwn ni ddim mynd!' llefodd Mam-gu Georgina. 'Fe fydd yn rhaid i ni aros ar ôl!'

'Allen ni ddim prynu rhywbeth o siop?' gofynnodd Tad-cu George.

'Â beth?' meddai Mam-gu Josephine. 'Does dim arian gyda ni!'

'*Arian!*' gwaeddodd Mr Wonka. 'Arswyd y byd, peidiwch â phoeni am arian! Mae gen i ddigon o *hwnna!*'

'Gwrandewch,' meddai Charlie. 'Pam na allen ni ofyn i'r hofrennydd lanio ar do siop fawr ar y ffordd draw i'r Tŷ Gwyn. Wedyn gallwch chi i gyd fynd i lawr y grisiau a phrynu'n union beth ry'ch chi eisiau!'

'Charlie!' gwaeddodd Mr Wonka, gan gydio yn ei law. 'Beth *fydden* ni'n ei wneud hebot ti? Rwyt ti'n wych! Dewch, bawb! Ry'n ni'n mynd i aros yn y Tŷ Gwyn!'

Aeth pawb fraich ym mraich gan ddawnsio allan o'r Ystafell Siocled ac ar hyd y coridorau ac allan drwy'r drws ffrynt i'r awyr agored lle roedd yr hofrennydd mawr yn disgwyl amdanyn nhw wrth gatiau'r ffatri. Daeth criw o ddynion hynod bwysig yr olwg tuag atyn nhw ac ymgrymu o'u blaenau.

'Wel, Charlie,' meddai Tad-cu Joe. 'Mae hi wedi bod yn ddiwrnod prysur, yn wir.'

'Dyw'r diwrnod ddim ar ben eto,' meddai Charlie, dan chwerthin. 'Dim ond megis dechrau y mae e.'

SYRPRÉIS

Efallai dy fod ti'n meddwl bod y llyfr hwn wedi dod i ben.

Wel, dyma newyddion hollol wych – dydy e ddim!

Tro'r dudalen am lond lle o wybodaeth ddiddorol am Roald Dahl.

HWRRRRÊÊÊÊ!

CYNGOR YSGRIFENNU
Roald Dahl

'Mae syniad am stori'n tueddu i hedfan i'm meddwl i ar unrhyw adeg o'r dydd, ac os nad ydw i'n ei nodi'n syth, yn y fan a'r lle, fe fydd wedi mynd am byth. Felly rhaid i mi ddod o hyd i bensil, ysgrifbin, creon, minlliw, unrhyw beth cyfleus, a sgriblan ychydig eiriau a fydd yn fy atgoffa o'r syniad. Yna, cyn gynted ag y daw'r cyfle, dw i'n mynd yn syth i'r cwt ac yn ysgrifennu'r syniad mewn hen lyfr ysgol coch.'

Fedri di ddyfalu o ba lyfr ddaeth y syniad hwn?

What about a chocolate factory
That makes fantastic and marvellous
Things — with a crazy man running it?

Charlie a'r Ffatri Siocled

Y rheswm pam dw i'n casglu syniadau da yw ei bod hi wir yn anodd iawn dod o hyd i blot ar gyfer stori. Maen nhw'n mynd yn brinnach ac yn brinnach bob mis. Rhaid i unrhyw stori dda ddechrau gyda phlot cryf sy'n cadw'r diddordeb tan y diwedd. Fy mhrif ofid wrth ysgrifennu stori yw'r ofn dychrynllyd fy mod yn diflasu'r darllenydd. Felly, wrth i mi ysgrifennu fy storïau, dw i o hyd yn ceisio creu sefyllfaoedd a fydd yn gwneud i'r darllenydd:

1. Chwerthin llond bol o chwerthin

2. Gwingo

3. Rhyfeddu

4. Mynd yn NERFUS a CHYFFROUS a dweud, "Darllen! Dal ati i ddarllen! Paid stopio!"

Ym mhob llyfr da, mae yna gymysgedd o bobl hynod gas – sydd bob amser yn hwyl – a rhai pobl neis. A rhaid cael rhywun i'w gasáu ym mhob stori. Po fwyaf ffiaidd a brwnt yw'r person, mwyaf o hwyl sydd yna wrth ei wylio'n cael ei lorio.

G
O
B
L
F
F
W
N
C

Roedd Roald Dahl yn dwlu ar chwarae o gwmpas â geiriau a chreu rhai newydd. Roedd yr CMM yn 'clwbran' mewn iaith wahanol iawn! Dyma rai o'r geiriau roedd e'n eu defnyddio:

CLWBRAN

Clwbran yw cael sgwrs fach braf â rhywun.

SGLEDFRIO

Symud yn gyflym iawn.

LLIFRGI

Person twp neu ffôl.

LOSIN CARAMEL

Losin sy'n llenwi tyllau yn eich dannedd.

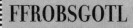

FFROBSGOTL

Hoff ddiod yr CMM. Mae'n wyrdd golau ac yn byrlymu, ac mae'n gwneud iddo wib-bopio!

SMWRIEL

Rho fe yn y bin, sbwriel yw e.

PLANTLOS

Gair yr CMM am
blant bach.

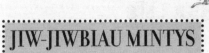

JIW-JIWBIAU MINTYS

Un o greadigaethau Mr
Wonka yw'r losin yma sy'n
gwneud i'ch dannedd
droi'n wyrdd.

PWDRIG

Pan fydd rhywbeth
yn dechrau pydru
ac yn drewi.

DIFERION YR ENFYS

Losin gan Mr Wonka. Ar ôl eu
sugno, byddwch chi'n gallu poeri
mewn chwe lliw gwahanol.

IYM-SGRYM-FLASWYCH

Blasus a hyfryd.

BOCS FFLWCS TELI-TELI

Gair yr CMM am y teledu!

CLODDFA ROC

Roedd y gloddfa yma
yn ffatri Mr Wonka.

RHAGOR AM
Charlie a'r Esgynnydd Mawr Gwydr

CHARLIE A'R FFATRI SIOCLED

Dim ond un plentyn ymhlith pymtheg o blant ofnadwy oedd y Charlie gwreiddiol ac enw'r stori oedd *Charlie's Chocolate Boy*. Doedd yr ymweliad â'r ffatri siocled hyd yn oed ddim yn arbennig iawn – roedd e'n digwydd bob dydd Sadwrn. Ysgrifennodd Roald Dahl y cyfan unwaith eto pan ddywedodd ei nai, 'Wncwl Roald, dwi ddim yn hoffi'r stori o gwbl.'

CHARLIE A'R ESGYNNYDD MAWR GWYDR

I ddechrau, roedd Roald Dahl yn meddwl bod y gair 'elevator' yn y teitl Saesneg yn rhy Americanaidd, ond roedd y gair Prydeinig 'lift' yn rhy ddiflas. Cafodd 'air machine' ei ystyried, ond 'elevator' ddaeth i'r brig yn y diwedd (er mai 'lift' yw'r enw arno yn *Charlie and the Chocolate Factory*).

CHARLIE A'R TŶ GWYN

Dyma deitl y drydedd stori am Charlie Bucket nad oes llawer yn gwybod amdani. Dechreuodd Roald Dahl ei hysgrifennu – ond aeth e byth yn bellach na'r bennod gyntaf.

MAE MWY I ROALD DAHL NA STORÏAU GWYCH . . .

A wyddet ti fod 10% o freindal awdur* o'r llyfr hwn yn mynd i helpu gwaith elusennau Roald Dahl?

Mae *Sefydliad Roald Dahl* yn cefnogi nyrsys plant arbenigol ledled y Deyrnas Unedig. Maen nhw'n gofalu am blant sy'n dioddef o epilepsi, anhwylderau gwaed ac anafiadau a gafwyd i'r ymennydd. Mae'r sefydliad hefyd yn rhoi help ymarferol i blant a phobl ifainc sydd â phroblemau ymennydd, gwaed a llythrennedd – achosion a oedd yn bwysig i Roald Dahl yn ystod ei fywyd – drwy roi grantiau i ysbytai ac elusennau a hefyd i blant unigol a'u teuluoedd.

Mae *Amgueddfa a Chanolfan Storïau Roald Dahl* yn Great Missenden ar gyrion Llundain; dyma'r pentref yn Swydd Buckingham lle roedd Roald Dahl yn byw ac yn gweithio. Cafodd yr Amgueddfa ei chreu i ysbrydoli hoffter at ddarllen ac ysgrifennu, a'i chalon yw archif unigryw o lythyrau a llawysgrifau Roald Dahl. Yn ogystal â dwy oriel fywgraffyddol yn llawn o hwyl, mae Canolfan Storïau ryngweithiol yn yr Amgueddfa. Dyma le i'r teulu, athrawon a'u disgyblion archwilio byd cyffrous creadigrwydd a llythrennedd.

Mae Sefydliad Roald Dahl yn elusen gofrestredig, rhif 1004230.

Mae Amgueddfa a Chanolfan Storïau Roald Dahl yn elusen gofrestredig, rhif 1085853.

roalddahlfoundation.org
roalddahlmuseum.org

Mae Ymddiriedolaeth Elusennol Roald Dahl, elusen sydd newydd gael ei sefydlu, yn cefnogi gwaith Sefydliad ac Amgueddfa Roald Dahl.

*Mae comisiwn wedi'i dynnu o'r breindal a roddir.

Ewch ar daith o gwmpas gwefan
swyddogol iym-sgrym-flaswych
Roald Dahl gyda'ch hoff
gymeriadau yn

roalddahl.com

Roald Dahl

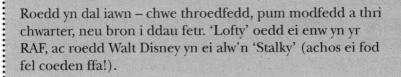

Roedd yn dal iawn – chwe throedfedd, pum modfedd a thri chwarter, neu bron i ddau fetr. 'Lofty' oedd ei enw yn yr RAF, ac roedd Walt Disney yn ei alw'n 'Stalky' (achos ei fod fel coeden ffa!).

'Apple' oedd ei lysenw gartref, am mai ef oedd cannwyll llygad ei fam (*apple of her eye* yn Saesneg), sef ei ffefryn hi.

Pan oedd yn naw oed, dywedodd ei fod yn dioddef o lid y pendics achos bod cymaint o hiraeth arno yn ystod ei bythefnos gyntaf mewn ysgol breswyl. Llwyddodd i dwyllo'r fetron a meddyg yr ysgol a chafodd ei anfon adref. Ond ni allai dwyllo ei feddyg ei hun. Gwnaeth y meddyg iddo addo na fyddai'n gwneud hyn byth eto.

Roedd yn anobeithiol am sillafu, ond roedd yn hoffi chwarae Scrabble.

Doedd e ddim yn hoffi cathod – ond roedd yn hoffi cŵn, adar a geifr.

Ysgrifennodd Roald Dahl y sgript i ffilm James Bond *You Only Live Twice*.

Roedd pioden ddof ganddo unwaith.

Roedd yn dwlu ar ffotograffiaeth yn yr ysgol a phan oedd yn ddeunaw, enillodd ddwy wobr: un gan y Gymdeithas Ffotograffiaeth Frenhinol yn Llundain ac un arall gan Gymdeithas Ffotograffiaeth yr Iseldiroedd.

R O A L D   D A H L

1916 Cafodd Roald Dahl ei eni ar 13 Medi yn Llandaf, ger Caerdydd.

1925 Cafodd Roald ei anfon i ysgol breswyl – Ysgol St Peter's yn Weston-super-Mare.

1929 Aeth Roald i Repton, ysgol breswyl arall. Dyma lle helpodd i brofi bariau siocled newydd i Cadbury's. Roedd ei hoff siocled yn cynnwys Aero, Crunchie, KitKat, Mars a Smarties.

1934 Gadawodd Roald yr ysgol a mynd i weithio i Shell, y cwmni olew mawr, oherwydd ei fod eisiau teithio i fannau pellennig hudol fel Affrica a China.

1936 Anfonodd Shell ef i ddwyrain Affrica. Roedd e'n casáu'r nadroedd!

1939 Ymunodd Roald Dahl â'r RAF ar ddechrau'r Ail Ryfel Byd. Daeth yn beilot awyrennau ymladd, yn hedfan awyrennau Hurricane ar draws y Môr Canoldir.

1940 Daeth ei awyren i lawr yn Niffeithwch Libya, yng ngogledd Affrica, a chafodd anafiadau difrifol i'w ben, ei drwyn a'i gefn.

1942 Cafodd Roald ei anfon i UDA i weithio yn Llysgenhadaeth Prydain (mae rhai'n dweud ei fod yn ysbïwr hefyd!). Cafodd ei stori gyntaf i oedolion ei chyhoeddi ac ysgrifennodd ei stori gyntaf i blant, am greaduriaid drygionus o'r enw Gremlins. Dechreuodd Walt Disney weithio arni i'w throi'n ffilm ac aeth Roald i Hollywood.

1943 Aeth y cynlluniau ffilmio i'r gwellt, ond cyhoeddwyd *The Gremlins* yn UDA, Prydain ac Awstralia. Dyma lyfr cyntaf Roald.

1953 Cafodd *Someone Like You*, llyfr Roald o storïau iasoer i oedolion, ei gyhoeddi ac roedd yn llwyddiant ysgubol yn UDA.

1961 Cyhoeddwyd *James a'r Eirinen Wlanog Enfawr* yn UDA, ac yna *Charlie a'r Ffatri Siocled* yn 1964. Daeth yn boblogaidd yn syth gyda phlant.

1967 Cafodd *James* a *Charlie* eu cyhoeddi o'r diwedd ym Mhrydain ac maen nhw wedi dod yn ddau o'r llyfrau plant mwyaf llwyddiannus a phoblogaidd erioed.

1971 Cafodd ffilm *Charlie* gyntaf ei gwneud fel *Willy Wonka and the Chocolate Factory*. Dilynodd ffilmiau eraill: *The BFG* a *Danny the Champion of the World* yn 1989; *The Witches* yn 1990; *James and the Giant Peach* a *Matilda* yn 1996; rhyddhawyd yr ail ffilm, *Charlie and the Chocolate Factory*, gyda Johnny Depp yn y brif ran, yn 2005.

1978 Dechreuodd partneriaeth Roald Dahl gyda Quentin Blake gyda chyhoeddi *Y Crocodeil Anferthol*.

1990 Bu farw Roald Dahl ar 23 Tachwedd, yn saith deg pedwar oed.

2006 ymlaen Mae Diwrnod Roald Dahl yn cael ei ddathlu dros y byd i gyd ar 13 Medi i gofio pen-blwydd Roald Dahl. Galli ymuno â'r hwyl ar wefan **roalddahlday.info**

QUENTIN BLAKE

"Arlunydd llyfrau plant gorau'r byd heddiw!" – Roald Dahl

Mae Roald Dahl a Quentin Blake yn bartneriaeth berffaith o eiriau a darluniau, ond pan ddechreuodd Roald ysgrifennu, roedd nifer o wahanol arlunwyr yn darlunio'i waith. Dechreuodd Quentin weithio gydag ef yn 1976 (*Y Crocodeil Anferthol*, a gyhoeddwyd yn 1978 oedd y llyfr cyntaf iddo ei ddarlunio) ac o hynny ymlaen buon nhw'n cydweithio hyd at farwolaeth Roald. Yn y pen draw darluniodd Quentin bob un o lyfrau Roald Dahl, ac eithrio *The Minpins*.

I ddechrau, roedd Quentin ychydig yn nerfus am weithio gydag awdur mor enwog, ond erbyn iddyn nhw ddod i gydweithio ar *Yr CMM*, roedden nhw wedi dod yn ffrindiau da. Fyddai Quentin yn gwybod dim am stori newydd nes y byddai'r llawysgrif yn cyrraedd. Weithiau byddai Roald yn dweud, 'Fe gei di hwyl gyda hon,' – dro arall, 'Fe gei di beth trafferth gyda hon.'

Byddai Quentin yn gwneud llawer o frasluniau ac yn mynd â nhw i Dŷ'r Sipsi, lle byddai'n eu dangos i Roald a gweld beth oedd ei farn. Roedd Roald yn hoffi cael llond y lle o ddarluniau yn ei lyfrau – yn y diwedd tynnodd Quentin ddwywaith cymaint o ddarluniau ar gyfer *Yr CMM* â'r bwriad gwreiddiol.

Hoff lyfr Quentin Blake gan Roald Dahl yw *Yr CMM*. Pan nad oedd yn hollol siŵr pa fath o esgidiau fyddai gan yr CMM, dyma Roald yn anfon un o'i hen sandalau at Quentin drwy'r post – a dyna'r llun a dynnodd!

Ganwyd Quentin Blake ar 16 Rhagfyr 1932. Cyhoeddwyd ei ddarlun cyntaf pan oedd yn 16 oed, ac mae wedi ysgrifennu a darlunio nifer o lyfrau ei hun, yn ogystal â darlunio rhai Roald Dahl. Bu hefyd yn dysgu yn y Coleg Celf Brenhinol am dros ugain mlynedd – mae'n athro coleg go iawn! Yn 1999 dewiswyd Quentin Blake yn Children's Laureate cyntaf. Yn 2005 cafodd y CBE am ei wasanaeth i lenyddiaeth plant.

Cewch wybod rhagor yn quentinblake.com

ADRODDIADAU YSGOL
Roald Dahl

Yn 1929, pan oedd yn dair ar ddeg, cafodd Roald Dahl ei anfon i ysgol breswyl. Byddet ti'n disgwyl iddo gael marciau gwych yn Saesneg – ond doedd ei adroddiadau ysgol ddim yn dda!

TYMOR YR HAF, 1930 (14 oed). *Traethodau Saesneg.*
"Nid wyf i erioed wedi cwrdd â bachgen sydd bob amser yn ysgrifennu'r gwrthwyneb i'r hyn mae'n ei feddwl. Mae fel petai'n methu crynhoi ei syniadau ar bapur."

Mae fy adroddiadau diwedd tymor o'r ysgol hon yn eithaf diddorol. Dyma bedwar ohonynt yn unig, wedi'u copïo air am air o'r rhai gwreiddiol:

TYMOR Y PASG, 1931 (15 oed). *Traethodau Saesneg.*
"Mae'n cymysgu popeth o hyd. Geirfa ddibwys, brawddegau heb eu cynllunio. Mae'n fy atgoffa o gamel."

TYMOR YR HAF, 1932 (16 oed). *Traethodau Saesneg.*
"Mae'r bachgen hwn yn aelod diog ac anllythrennog o'r dosbarth."

TYMOR YR HYDREF, 1932 (17 oed). *Traethodau Saesneg.*
"Yn gyson ddiog. Prin yw'r syniadau."

Dim syndod na feddyliais am fod yn awdur y dyddiau hynny.

Ceir mwy o hanes Roald Dahl yn yr ysgol yn y llyfr *Boy.*

Roald Dahl

Roedd Roald Dahl yn hoffi ysgrifennu cerddi yn ogystal â storïau. Roedd e'n aml yn eu llunio nhw yn y bath.

Mae ei gerddi wedi'u cynnwys yn *Dirty Beasts, Revolting Rhymes* a *Rhyme Stew*, ond weithiau byddai'n ysgrifennu barddoniaeth ar gyfer ei ddilynwyr hefyd. Dyma gyfieithiad o gerdd a anfonodd i un ysgol:

> Doedd f'athro i ddim hanner mor garedig â'ch un chi.
> Yr athro hanes, Mr Unsworth, pigai arnom ni.
> Os na wyddet ddyddiad, yna yn dy glust fe gydiai,
> A thithau'n teimlo'n ofnus iawn, fe droai ac fe droai
> Dy glust yn gas a phoenus. Fe droai bron am awr,
> A'th glust yn dod yn rhydd o'th ben a chwympo ar y llawr.
> Roedd nifer mawr o fechgyn ag un glust yn fy hen ddosbarth,
> Collasant glust am fethu gwybod dyddiad, dyna oedd gwarth.
> Rhaid i ni felly ddiolch am athrawon hyfryd heddiw,
> A'ch athro chi'n enwedig, sydd i'w weld yn hynod glodwiw.

Roedd pobl dros y byd i gyd yn ysgrifennu at Roald Dahl. Weithiau byddai'n cael cymaint â 4,000 o lythyrau yr wythnos.

Hefyd ar gael oddi wrth
Cyhoeddiadau Rily . . .

www.rily.co.uk